So wahr ich Feuerbach heiße

Satz: Schaber, Wels. Printed in Austria by Welsermühl, Wels
ISBN 3-7017-0544-5

ALOIS BRANDSTETTER

So wahr ich Feuerbach heiße

ROMAN

Residenz Verlag

Als ich, Primus Feuerbach, Bibliothekar in der bescheidenen Volksbibliothek einer mittleren Kleinstadt im Kleinstaat Österreich, Anfang der sechziger Jahre des 20. Jahrhunderts nach Deutschland ging, genaugenommen in die sogenannte Bundesrepublik Deutschland, um dort an größeren Bibliotheken und an der Bibliothekarsschule des Saarlandes Auslandserfahrungen in Büchereikunde zu sammeln, sah und erfuhr ich sehr schnell, daß auch dortzulande weniger von den Büchern, der »Nahrung für den Geist«, als der wirklichen Nahrung die Rede war. Selbst unter den Bibliothekaren war täglich der Mittagstisch ein wiederkehrender »Untersuchungsgegenstand«, und die Erörterung der Frage, ob man heute zum Chinesen, zum Jugoslawen, zum Griechen, zu Pierre oder in den Wienerwald gehen sollte, nahm nicht wenig Zeit in Anspruch. Auch den Kollegen ging Oral vor Moral. In den soziologischen Büchern unserer Bibliothek wurden die zurückliegenden fünfziger Jahre bereits mit einem sehr unfeinen und unfreundlichen Ausdruck als »Freßwelle« verbucht und das Backhendel als Jahrzehntregent und deutsches Wappentier hin- und dargestellt. Nun aber wurde das Huhn ein wenig zurückgedrängt, und man feierte als die große Neuentdekkung das Steak, das man damals als ßti:k aussprach, bevor sich die korrekte Aussprache ßtek durchsetzen konnte. Mit dem Steak aber, der »rasch gebratenen Fleischschnitte«, wurde alsbald auch der Grill und mit dem Grill die Gartenparty modern und populär. In allen Gärten rauchte es vom Frühsommer bis in den Herbst hinein an den Abenden, vor allem natürlich an den Wochenenden, auf mobilen Feuerstätten, sogenannten Portables, aber auch auf festgemauerten, von Ofensetzern entworfenen und professionell errichteten wurde über Rosten gegrillt, was die Holzkohlen und die Fleischer, Metzger, Selcher, Fleischhauer und Fleischhacker hergaben. Berge von Koteletts wurden gegrillt, nachdem sie bereits entsprechend vorbehandelt, geklopft und abgehangen, über Nacht in Beizen gelegt, gesalzen, gesurt und gepfeffert worden waren. Und während der Hausherr in seiner Schürze mit einem Scherzwort auf der Brust mit Feuerhilfen und einem zum Blasbalg umfunktionierten Haarfön »seines Amtes waltete«, das Feuer entfachte und in Gang hielt, war die züchtige Hausfrau im Innern des Hauses nicht müßig, sondern rührig und fleißig am Werk der Saucen, Tunken, Beilagen und Salate, also am kalten Teil des Buffets. So mußte es sein, der Mann an der Front, in der Hitze des Gefechts, die Frau aber entsprechend ihrer Natur in der Etappe, mit dem Nachschub befaßt, aber auch mit der Sanität betraut, wenn es Brandwunden und Feuermale zu verarzten gab. Körbe mit französischem Weißbrot standen bereit und verliehen dem Fest mit dem englischen Namen

»Party« auch einen Anhauch von deutsch-französischer Verständigung. Rann zu allem *Überfluß* ein kleines Bächlein an jenem Garten vorüber, wo sich das Fest zutrug, so deponierte man einen Kasten treudeutsches Bier im seichten Wasser, um das Getränk auf natürliche und billige Weise zu kühlen, wie überhaupt in allem das Natürliche, Unverfälschte und Unverdorbene, Herzhafte, Ländliche und Sittliche, Bequeme und Ungezwungene, Alte und Bewährte betont und gesucht wurde. Ein anderer Grundsatz war schließlich das Kooperative, es ging also nicht darum, sich von einem Gastgeber verwöhnen zu lassen und einfach der Dinge zu harren, die da kommen sollten, es war vielmehr jeder Eingeladene auch eingeladen, aufgerufen und ermuntert, einen eigenen Beitrag zum Gelingen des Festes zu leisten und mit Hand anzulegen, wenn Not an Mann oder Frau war. Im Studentenmilieu und im Umkreis der studentischen Wohngemeinschaften, die keine Ausnahme machten und wie der übrige Volkskörper auch von der »Grillitis« befallen waren und wo ich mich bewegte und gern aufhielt, war man über die bloße Mithilfe bei den Handreichungen hinaus auch zur wirklichen Mithilfe durch Mitbringen von Substanz und Materie, also eines handfesten Unkostenbeitrags gehalten. Als Faustregel galt, daß man mindestens jenes Quantum, das man selbst verzehrte, auf den Tisch des Hauses zu legen hatte. Hielt sich jemand nicht daran, so war er bald als Schmarotzer und Parasit entlarvt und konnte das nächste Mal daheimbleiben. Wie ja nun alles auf dieser unvollkommenen Welt nach dem altrömischen Modus des Do ut des zugeht und die wirkliche Dotation und das reine Geschenk die gnadenhafte Ausnahme der gnadenlosen Regel sind.

Daß es sich bei einer Grillparty um eine recht bürgerliche, eine sogenannte gutbürgerliche Angelegenheit, eine Sache der Kleinbürger mit Häuschen und Garten handelte, überspielten die jungen Studiosi und Doctores, Magistri etceteri, die wir uns doch eher als unbürgerliche Bohemiens verstanden, auch exzentrische Künstler — jedenfalls künstlerische Hoffnungsträger — waren unter uns, mit distanzierender Ironie und einem spielerischen Unernst. Ein Germanist etwa meinte, wir müßten unser spätbürgerliches Fest, das seinerseits und von Haus aus ja schon eine feudale Travestie sei, neuerdings »verfremden« und »proletarisieren«, jedenfalls »uneigentlich« nehmen, wie immer das gehen mochte, da man Bockwürste ja wohl kaum metaphorisch verzehren kann. Die Theologen unter uns erinnerte dies alles an eine Agape, ein frühchristliches Liebesmahl. Die Psychologen sprachen gern von »Ersatzhandlungen« und sahen in den Teilnehmern weiter nichts als getarnte Anthropophagen, also Menschenfresser. Ich erinnere mich an Wörter wie »Prägung«, natürlich auch »Trieb« und »Komplex«. Und handelte es sich bei einer Grillparty auch ganz sicher um eine komplexe Angelegenheit und ein vielschichtiges Kulturerbe, ein Konglomerat aus vitalen Basis- und intellektuellen Überbauphänomenen, so stand bei aller Bemühung der Theorie und der Geschichte doch das Fleischliche und Leibliche im Vordergrund. Genau besehen handelte es sich um die »Privatisierung der Wurstbude«.

Die Wurstbuden und Trinkhallen wurden deshalb aber nicht überflüssig, die Budenbesitzer nicht brotlos. Es war ja auch immer von Budenbesitzern die Rede, die einen günstigen Standort zugesprochen bekommen hatten und nun nicht nur Umsatz-, sondern auch Einkommensmillionäre geworden waren, Gewinnmillionäre! Eine gute Wurstbude, hieß es, sei weitaus lukrativer als ein Ordinariat, jedenfalls in einem philologischen Fach der Universität, auch ein kleiner Blumenstand am Bahnhof kann durchaus besser florieren und mehr einbringen als ein Lehrstuhl in einem »Orchideenfach«, also einer Wissenschaftssparte, die einen Anstrich von Exklusivität und totaler gesellschaftlicher Nutzlosigkeit hat. Und es gibt einige derartige Sparten, die keinen vordergründigen Zweck, sondern nur einen tiefen Sinn haben, ganz wie die Orchideen, mit denen sie verglichen werden.

Oft schickten wir nachts, gegen Mitternacht, wenn wir vom Diskutieren über gesellschaftliche Mißstände hungrig geworden waren, einen los, der etwa vom Hauptplatz in Dudweiler eine Ladung Bratwürste auf die Bude brachte. Auch den

Gastwirten, deren Küchen um diese Zeit längst erkaltet waren, machte es nichts aus, wenn jemand Nahrung von jener ambulanten Konkurrenz ins Gastzimmer importierte und auf den festen Tisch des soliden und seriösen Hauses legte. Studenten durften sich in Universitätsstädten natürlich mehr *herausnehmen.* Sie hatten gewissermaßen Narrenfreiheit und durften auch, wenn der Wirt abkassieren kam und die vielen Striche auf dem Filz (////) zusammenzählte, die die Biere, Bierchen genaugenommen, anzeigten, lauthals den Kapitalismus schmähen.
Als österreichischen Philologen und Bücherkundler, der ein starkes Interesse an Wörtern und Wörterbüchern hatte, war mir übrigens der Ausdruck »Halle« für einen kleinen Kiosk immer recht merkwürdig und sonderbar vorgekommen, weil ich mit Halle eher etwas Monumentales, jedenfalls etwas Größeres assoziierte. Auch die »Stehweinhalle« der Wiener ist stattlich. Hier also galt als »Halle« auch der kleine Stand, der nur den Kaufmann und vielleicht einen Verkäufer beherbergte, aber keine Kundschaft aufnehmen konnte, die er draußen vor der Freilufttheke stehen ließ. Zu meinem Erstaunen aber sah ich, daß auch das Bedeutungswörterbuch des Großen Duden von dieser kleinen Verwendung des großen Wortes nichts wußte und unter dem Stichwort *Halle* nur »größeres Gebäude mit hohem, weitem Raum« verzeichnete. In meiner dialektologischen Not wendete ich mich an das Deutsche Wörter-

buch von Jacob und Wilhelm Grimm und fand dort endlich den Grund für die Übertragung des Wortes auf die Bude. Dort steht nämlich nicht nur von der Halle als jenem geräumigen einräumigen Gebäude und der Hotelhalle geschrieben, sondern auch von einem Bauwerk mit einer geöffneten Seite oder Flanke, im Sinne etwa auch der Maschinenhalle, die an der Stirnseite torlos und dadurch leicht zugänglich und befahrbar ist. Die kleine Trinkhalle ist nun freilich ein vergleichbares, ähnlich »extrovertiertes« Gebäude — oder »Gebäude«, für den Fall, daß es auch noch auf Rädern stehen und fahrbar sein sollte und so in einer Halle geparkt werden könnte. Die Trinkhalle ist an der Vorderseite nicht ganz wand- und begrenzungslos, aber doch durchbrochen und mit einer die Front der Länge nach »ausfüllenden«, nein aussparenden Durchreiche versehen. Das Wort *Bude*, das Grundwort in der Zusammensetzung *Studentenbude*, auf die man die Bratwürste von der Wurstbude brachte, wäre natürlich auch einige sprachgeschichtliche Anmerkungen wert, doch möchte ich von meinem eigentlichen Thema, dem Gartengrill, nicht zu weit abschweifen.
Mein Problem war freilich schon damals, daß mich solche Fragen der Benennung und der Bezeichnung, der reich bestellten oder auch der wenig bewachsenen »Wortfelder«, Fragen also der »Semasiologie« und der »Onomasiologie«, um die zuständigen Wissenschaftswörter für jene Disziplinen zu verwenden, die sich mit den Wör-

tern und den entsprechenden Sachen oder den Sachen und den entsprechenden Wörtern befassen, daß mich also diese und ähnliche Fragen im Grunde immer schon mehr interessiert und beschäftigt haben als die nun aktuell, ja virulent gewordenen Themen der Küche und des Gartens, der Feinschmeckerei und der Kochkunst, des Gastrotourismus und allem, was damit zusammenhängt. Wer als Student so viel in Mensen gegessen hat, so oft auch an Würstelständen gestanden ist, also verhältnismäßig kulturlos oder doch unkultiviert gegessen hat, der ist sicher auch glaubwürdig, wenn er sich selbst nicht als Gourmet bezeichnet. Schon damals kannte ich den Unterschied zwischen *Gourmet* und *Gourmand* genau, dem sorgfältigen und dem sorglosen Essen, dem Vielesser (Gourmand) und dem Feinschmecker (Gourmet). So ähnlich sich die beiden Wörter schauen, so sehr distanzieren sie sich voneinander. Ein Gourmand kann kein Gourmet sein, sagen die Gourmets, ein Gourmand sei auf die Menge aus, der Gourmet auf die Güte. Obwohl man selbstverständlich auch schon Gourmets gesehen und beobachtet hat, die des Guten zuviel getan, das heißt vom Guten zu viel gegessen und den Kaviar mit dem Schöpfer gelöffelt haben.

So erlebte ich nicht nur einmal, daß meine Freunde und Bekannten bei Partys oder in Gasthäusern über das Essen sprachen, während ich über die Namen und Bezeichnungen für die Speisen sprechen wollte, die Kollegen waren mehr sachorientiert, ich aber philologisch engagiert. So gerieten Gaumen und Hirn in Antagonie. Denn, wie seltsam sind die Wörter der Gerichte gewählt, wie merkwürdig zusammengebraut die Getränkebezeichnungen, wie scharf gewürzt sind manchmal die Speisekarten! Ich erinnere mich, etwa einmal in einem Balkangrill in Zusammenhang mit einer Speise den Namen der Ortschaft Agadir in Marokko gelesen zu haben. Was hatte dies zu bedeuten. Nach langem Rätseln kamen wir hinter das Mysterium. Der Wirt wollte mit dem Toponym *Agadir,* mit dem man eines der schwersten Erdbeben assoziiert, auf das Außerordentliche, auf das »Naturereignis« seines Menüs hinweisen. Die Agadirspeise war so papriziert, daß sie einen vom Stuhl und um warf. Hierin lag das »tertium comparationis«, der Vergleichsgrund für die Benennung dieser nun nicht besonders *geschmackvollen* Bezeichnung. Es sei eine *Katastrophe,* sagte einer, was sich die Wirte heute einfallen ließen. Nicht immer aber fand ich Gegenliebe und Gehör, Gefolgschaft für meine wortkundlichen Exkursionen. Man wollte über die Kochkunst, nicht die Sprachkunst reden, weniger über die Formen- oder Wortbildungslehre als die Haute Cuisine.

Lang, lang ist's her. Jahre später, nach Österreich zurückgekehrt, seßhaft, häuslich, ehelich, bürgerlich geworden oder geblieben, Haus- und Gartenbesitzer der Vorstadt, konnte ich mich vor ungefähr einem Jahr der Bitte meiner Frau nach einer

Gartenparty nicht länger verschließen. Sie sagte, der Garten sei nun, nachdem die Spuren der Bauzeit verschwunden seien, durchaus in einem Zustand, daß man an eine Grillparty und eine Einladung denken und schreiten könne. Der Rasen und der Bewuchs, die Sträucher und die Bäume, seien zwar noch bescheiden, aber durchaus herzeigbar. Sie, meine Frau, habe schon öfters in die Gärten der Nachbarschaft hineingesehen und dort auch nicht gerade Vegetationswunder erblickt. Einige Gärten der Nachbarn seien sogar »weiter hinten« und glichen noch eher Baustellen, Lagerplätzen von Baufirmen. Drei Häuser weiter habe der Besitzer von Haus 18 erst gestern leere Zementsäcke und anderes Gerümpel verbrannt und die halbe Siedlung verpestet.
Obwohl mir der Sinn von Haus aus, sozusagen von Haus und Garten aus, gar nicht danach stand und steht, das Erworbene, Gebaute oder Gepflanzte herzuzeigen, als habe man es nur gekauft, gebaut und gepflanzt, um es herzeigen zu können, gab ich doch nach und klein bei.
Ich kaufte also in einem Kaufhaus einen sogenannten Griller, einen Sack voll Holzkohlen, Arbeitshandschuhe und ein Grillbesteck. Komplizierter als der Kauf der entsprechenden Utensilien beim Diskonter war die Einladung von Freunden, die wir nicht eigentlich hatten. Ich bin kein besonderer Freundschaftsmensch, treibe sicher keinen Freundschaftskult, wenn mir im Blick auf die Literaturgeschichte solche Freundschaften zwi-

schen Männern und Frauen auch oft großen Eindruck machten. Doch erschien mir dies immer als eine historische Sache des 19. Jahrhunderts, konkret und in meinem Fall der Stadtbibliothek wüßte ich mir keinen Kollegen und keine Kollegin, deren Nähe ich suchte, es handelt sich wirklich um Kollegen im Amte, somit auch immer um Konkurrenten. Die Kundschaften aber sind nicht einmal »Bekannte«. So hatten wir jedenfalls keine »befreundete Familie« oder kein »befreundetes« oder »gleichgesinntes Ehepaar«, und wir mußten bei unseren potentiellen Partygästen eine Stufe hinunter in die bloße »Bekanntschaft« steigen. Das war der Personenkreis, aus dem wir schöpfen konnten, wenn auch die Grenze zu den sogenannten »entfernten Bekannten«, die für eine Einladung nicht mehr in Frage kamen, sehr schnell erreicht war. Schließlich blieben uns unter allen Bekannten eigentlich nur die Währingers, ein Lehrer und seine Frau, übrig, die sich über diese Einladung aus heiterem Himmel ein wenig zu wundern schienen, sich aber doch nicht abzulehnen trauten. Meine Frau hatte die Einladung auch sehr geschickt vorbereitet, rhetorisch behutsam eingeleitet, so daß schließlich, als es heraus war, die Angelegenheit halbwegs plausibel erschien. Schon immer wollten wir euch einmal einladen, nun aber sei der Sommer gekommen, die Natur sei erwacht, schon im Frühling, in uns aber sei der Wunsch erwacht und gewachsen und so fort.
Damit waren die beiden hinreichenden Bedingun-

gen für eine Grillparty jedenfalls erfüllt, das Vorhandensein des Gerätes und die Beistellung von Gästen, die Rösterei konnte ihren Lauf nehmen. Unverzüglich erinnerte ich mich und meine Frau an meine deutsche Zeit, um sie hinsichtlich des Gelingens des Festes zu beruhigen. Ich konnte durchaus als ein Erfahrener und ein Experte gelten. Froh war ich auch, daß hierzulande alles mit einer gewissen Verspätung eintritt. Weiß Gott, was die Deutschen inzwischen essen mochten, welche Art Restaurant dort inzwischen in Mode gekommen sein und was die ßti:ks und die ßteks längst unmodern gemacht und wer die Steak-Freaks abgelöst haben mochte. Von Sex las ich einmal etwas in der Zeitung …

Die österreichische Klassik hinkt bekanntlich hinter der deutschen Klassik, der Weimarer Klassik, ungefähr dreißig Jahre nach, das ist der Nachsprung Grillparzers und Stifters auf Goethe, und dieser beruhigende Rückstand ist seit damals eigentlich nicht aufgeholt worden. Jedenfalls hatte ich absolut keine Bedenken, als ich die Verantwortung für das Feuer übernahm, und es konnte in meinen Augen kein Problem sein, den Freiherd in Gang zu bringen und in Weißglut zu versetzen. Meine Frau könne sich auf mich verlassen, ich werde den Griller schon schaukeln, so wahr ich Feuerbach heiße, sagte ich. Ich würde meinen Namen »verifizieren«, das heißt wahrmachen, jedenfalls dem Namen keine Schande machen. Ich würde an dem Feuer, das ich zu entfachen gesonnen sei, auch aufscheinen und hell erstrahlen lassen, daß meine Vorfahren, unter denen sich mütterlicherseits auch einige *Brandstätter* befinden, zur Zeit der bayrischen Landnahme, als die Bajuwaren den Markomannen das Land abgetrutzt hatten, Spezialisten und Meister der Brandrodung und des Siedelns auf einer Wüstung, einer Brandrodungsstelle, gewesen waren. Und wenn ihr, meiner Frau, diese Herleitung aus der Geschichte zu weit hergeholt und bei den Haaren herbeigezogen scheine, dann dürfe ich vielleicht ins Treffen führen und als Argument heranziehen, daß es in meiner Verwandtschaft von Feuerwehrleuten wimmelt, freiwilligen und Berufsfeuerwehrleuten, und jeder zweite Feuerbach ein Brandmeister, wenn nicht Oberbrandmeister sei. Unter meinen Ahnen gebe es sogar einen Landesfeuerwehrkommandanten. Ich redete mich so sehr in Feuer, daß ich schließlich auftrumpfend sagte, diese bevorstehende Feueraufgabe sei für mich eigentlich zu gering, als Feuerbach sei man ein Mann des Großfeuers, der Feuersbrunst, ja des Weltenbrandes, mit kleinen glosenden Glutnestern hätten wir gewöhnlich wenig im Sinn. Wenn das mal gutgeht, Primus, sagte meine Frau, noch immer nicht überzeugt und unbesorgt. Verlaß dich auf mich, sagte ich.

Ich war felsenfest davon überzeugt, daß ich mit jenem Feuerstuhl aus dem Kaufhaus die bevorstehende Feuerprobe glänzend bestehen würde. Meine skeptische Frau sagte aber, wir sollten gleichwohl dieses erste Mal nicht gleich aufs Ganze gehen, uns nicht an teurem Fleisch vergreifen und die Finger verbrennen, sondern lieber bescheiden mit sogenannten Käsekrainern, das sind Würste mit Käsestückchen im Brät, beginnen. Aller Anfang ist schwer, gab sie sich sprichwörtlich. So sei im Falle des Mißlingens, das wir aber gar nicht annehmen wollten, nicht viel verhaut und verdorben. Der Teufel schläft nicht, zitierte sie ein anderes vielsagendes Sprichwort. Ich fand ihre Zögerlichkeit zwar überflüssig und das Mißtrauen in meine Pyrotechnik, das sich darin ausdrückte, für mich wenig schmeichelhaft, ja fast schon beleidigend, schluckte aber meinen Ärger hinunter und fand gegen Käsekrainer absolut nichts einzuwenden. Bitte, sagte ich zu meiner Frau, dein Mißtrauen ist zwar schlecht, aber die Käsekrainer sind gut und gehen in Ordnung. Wie um einen letzten Versuch der Beruhigung und der Überzeugung zu wagen, wie ich es sah, um sie für ihr Mißtrauen in meine Feuerkunst zu bestrafen, wie meine Frau es sah, setzte ich noch einmal zu einer Belehrung und zu einem Unterricht über einige wichtige Vertreter des Feuerwortschatzes an und breitete einiges von dem, was ich in einer Einführung in das Altdeutsche gelernt hatte, nun vor der Wehrlosen aus. Vor allem warf ich mich auf den Zusammenhang zwischen *brinnen* und *brennen*, von denen das eine *brinnen* das ursprüngliche, intransitive Wort sei und das andere *brennen* das davon abgeleitete, transitive. *Brennen* sei ein kausatives oder faktitives Verbum zu *brinnen,* bedeute also »brinnen machen«, »bewirken, daß es brinnt«. Und die schwachen Verba, sagte ich zu meiner Frau, seien meine Stärke, und ich verstünde, was sie bedeuteten, praktisch und theoretisch. Mit Wilhelm von Humboldt sei ich der Meinung, daß mit dem Wort auch die Sache soviel wie gewonnen sei, ich sei ein Anhänger jener »haptischen« Sprachlehre, die in der Sprachbeherrschung auch ein gut Teil Weltbeherrschung erblickt. Der stumme Mensch sei der eigentlich machtlose, der mundtote zugleich der letztlich tote. Vom Schwätzer wollen wir nicht schwätzen, sagte ich. Dann erinnerte ich meine Frau auch an das bayrisch-österreichische Wort *kenten* für »anzünden«, das mit dem lateinischen *cendere* beziehungsweise *incendere* verwandt sei. So also würde ich es halten, prophezeite ich: Zuerst *ankenten,* also eine Tätigkeit leisten, die mit einem sogenannten »initiativen Zeitwort« bewältigt wird, also das Feuer »initiieren«, und nach dieser Initiative das Feuer schüren, das sei dann eine »inchoative« und später vor allem eine »durative« Arbeit, so werde dem Feuer Dauer und Ausdauer verliehen. *Ignis inchoat,* hätten die Lateiner gesagt, »das Feuer wächst und steigert sich«. Und wie, fragte ich ein wenig rhetorisch, verleihe man einem Feuer Dauer, wie stärke und speise man es, wie füttere man es, daß es stärker wird und wächst? Ihr Bruder, mein Schwager, sagte meine Frau, bewerkstellige es ohne viel sprachwissen-

schaftliche Theorie und ohne Ideologie mit dem Blasbalg für die Luftmatratzen. Recte, sagte ich, hierin handle der Schwager richtig, was man sonst bei seinen Unternehmungen nicht immer behaupten könne, weil er oft alles andere als eine glückliche Hand zeige. Wie heiße es schon in der Edda, fragte ich: »Das Feuer ist des Windes Bruder.« »Das macht der Wind, daß es brinnt«, gab ich mich mit einem auf dem eigenen Mist gewachsenen Gedicht poetisch. Chemisch gesehen und fern der Mythologie, die mir sonst lieber und wichtiger sei als die Chemie, handle es sich um die Zufuhr von Sauerstoff, um eine sogenannte Brennstoffoxydation mit gleichzeitiger Flammenbildung, Licht- und Wärmeentwicklung.
An dieser Stelle konnte ich nicht umhin und mir verkneifen, meiner Frau einen sprachwissenschaftlichen Witz zu erzählen, den ich während meines Studiums einmal in einem Proseminar gehört und den ich inzwischen schon einige Male selbst »verbraten« hatte: Ein Lehrer erklärt den Unterschied zwischen sogenannten konkreten und sogenannten abstrakten Substantiven oder Hauptwörtern auf eine verblüffend einfache, mnemotechnisch und pädagogisch äußerst instruktive Weise damit und dadurch, daß er sagt, Konkreta, wie etwa *Hammer* oder *Bleistift*, könne man anfassen, Abstrakta aber, wie *Freundschaft* oder *Liebe*, könne man in ihrer Undinglichkeit nicht angreifen. Darauf meldet sich ein nachdenklicher Schüler und fragt, ob man demnach einen ungeheizten Ofen, den man an-

fassen könne, für ein Konkretum und einen glühendheißen, den man nicht angreifen könne, für ein Abstraktum zu halten habe. Sehr witzig, sagte Hera, meine Göttergattin. Der Worte sind genug gewechselt, sagte ich, nun laßt uns Taten sehn, und Feuer, also Nägel mit Köpfen machen. Jetzt werden wir einmal den roten Hahn ein wenig flattern lassen, sagte ich, eine Art Majestätsplural verwendend, um meiner Rede *dignitas*, also »Gewicht und Würde«, zu verleihen. Am Anfang war die Tat, weimarisierte ich mit Goethen. Wie du doch gleich in Feuer und Flammen stehst, schillerte Hera mit »Kabale und Liebe«.

Hera sagte einmal in der Vorbereitungsphase der Party, es handle sich um ein »Abenteuer und um ein Wagnis«, einmal »um etwas anderes und Neues«. Das Neue des Alten, schränkte ich ein, und auch das Wort *Abenteuer* wollte ich nicht gelten lassen, nicht nur in Hinblick meiner Erfahrung und aus Selbstsicherheit oder gar Überheblichkeit, sondern weil mir in diesem Zusammenhang um das altehrwürdige Wort ein wenig zu schade war. Schließlich kommt es als Lehnwort aus dem lateinischen *adventura* und hat einmal das bedeutet, »was sich zuträgt und sich ereignet«, »was auf einen zukommt, ohne Vorankündigung, und ohne Vorwissen bei dem, an den es herantritt«. Die Ritter gehen auf die Suche nach Abenteuern. Sicher ist die Suche, ungewiß das Abenteuer. An den Abenteuern selbst gab es ursprünglich ein Element der Rätselhaftigkeit und der Spannung.

Und da den fahrenden Rittern nicht nur andere fahrende Ritter begegnet sind, so wie heute den Touristen in den Reiseländern wieder nur Touristen begegnen und sogar den »Abenteuerurlaubern« heute andere »Abenteuerurlauber« über den Weg laufen, weil eben auch andere und alle Reisebüros auf den Trick mit dem »Abenteuerurlaub« gekommen sind, während sich heute also für die Touristen auch in den Wüstenländern Afrikas nichts Neues unter der heißen Sonne begibt und zuträgt, sind den Rittern des Mittelalters noch Riesen und Zwerge, Drachen und Hexen oder der personifizierte »Hauptmann der Abenteuer« oder »Frau Minne« entgegengetreten. Auch das Wetter hat im Mittelalter mitgespielt, das heißt verrückt gespielt, wie im »Iwein« des Hartmann von Aue, während die Reisebüros heute sogar schon eine langweilige »Schönwettergarantie« abgeben, wenn sie ihre Abenteuerurlauber nach Tunesien bringen. In der phantastischen Welt der Frühzeit waren Abenteuer möglich, wenn auch nicht an der Tagesordnung, was ja per definitionem dem »Abenteuer« widersprechen würde.

Ich gestand freilich ein, daß auch das Wort Abenteuer einen argen Verschleißprozeß mitgemacht hat und am Schluß auch für alles mögliche nichtssagend und ganz ausgebleicht verwendet wurde. Insofern habe meine Frau mit dem Wort *Abenteuer* für unsere bevorstehende Grillparty sicher keinen lapsus linguae, keinen Verstoß gegen den

Geist der Sprache begangen. Denn zuletzt habe *Abenteuer* sogar als bloße Kapitelüberschrift herhalten müssen, so wie etwa das Nibelungenlied die Abschnitte *Aventiuren* nennt. Obwohl es sich rein stofflich wirklich um »starke Stücke« handelt, wenn man die letzten Aventiuren vor allem ansieht, wo es immer wieder heißt: Aventiure: Wie der und der und dieser und jener erschlagen ward. *Spannend* aber sind die Abenteuer des Nibelungenliedes insoferne nicht, als das gewaltige und gewalttätige Ende schon zu Beginn und in der 1. Aventiure angekündigt und auf den Zusammenbruch vorausgedeutet wird: Darum mußten viele Helden ihr Leben lassen, heißt es. Unsere Grillparty, sagte ich, kann man doch nur in einem sehr eingeschränkten und ermäßigten Sinn als ein Abenteuer bezeichnen, die Unsicherheitsfaktoren sind relativ gering. Wirklich offen ist eigentlich nur die Frage, ob der Wettergott oder Petrus mitspielt, sagte ich, alles andere steht eigentlich nicht in den Sternen, sondern liegt in unserer Hand. Vorhanden ist der Grill aus dem Baumarkt, auf den ich sogar ein Jahr Garantie bekommen habe, wenn sich diese Garantie auch nicht auf selbstverschuldete Fehler beim eigentlichen Grillen bezieht, und vorhanden ist vor allem die heute als *Know-how* bezeichnete Kompetenz, also Hardware und Software, die harte Maschine und das weiche Programm. Da wir nur zwei Personen eingeladen hatten, konnte es auch keine Probleme mit der Kapazität geben, wie ich sie im befreundeten Ausland schon erlebt hatte, wenn etwa ein halbes Studentenheim von einem Diminutiv von Familiengrill aus versorgt und verköstigt werden sollte. Ein solcher Engpaß war nicht zu befürchten. So hatte ich Verständnis dafür, daß meine Frau, die unter dem nicht aufregenden Leben an der Seite eines kleinen, wenig verdienenden Büchereiangestellten mit einem unter Opfern und Entbehrungen erbauten Häuschen in einer weder architektonisch noch sonstwie aufregenden Vorstadtsiedlung, in einem sogenannten Einfamilienhaus, aber eigentlich ohne Familie, weil ohne Kinder, litt, einen solchen Versuch der Befreiung aus dem nicht ohne meine Schuld entstandenen Ghetto unternahm und nun mit Ausdrücken wie »Abenteuer« oder »Wagnis« die Aufregung und die Spannung ein wenig übertrieb, sich und mir ein wenig einreden wollte, wenn sich die ganze Angelegenheit auf dem Hintergrund meiner Lebenserfahrung durchaus anders und weniger »innovativ« und »revolutionär« darstellte. Ich war schon durch andere Feuer gegangen. Um aber das »Feuer am Dach des Hauses«, also den Zwist zu vermeiden, spielte ich mit und machte meiner Frau zuliebe den »Abenteuerhauptmann«, zumal ich ihr bei meinem Gehalt auch nicht »ferne Länder« bieten konnte, wie wir auf das Regal der Stadtbücherei mit den Reiseabenteuern geschrieben hatten: »Ferne Länder, ferne Zeiten, Abenteuer«.

Die »Spannungszügler« des Nibelungenliedes,

vor allem der Falkentraum Kriemhilds, in dem Adler den Falken schlagen und reißen, den Kriemhilds Mutter Ute aus- und vorausdeutet und in dem traumhaft der Tod Siegfrieds durch Hagen und Brünhilde »vorgespielt« und »vorgespiegelt« wird, zoologisch »präfiguriert«, diese »fabelhaften« Züge sind es vielleicht, die das mittelalterliche Werk nicht gerade zu einem Renner in unserer Bibliothek machen. Die Leute, namentlich die jungen, sind in puncto Spannung und »action« durch Kriminalfilme und Brutalvideos sehr verwöhnt, durch Sensationen verdorben, obwohl es im Nibelungenlied nicht gerade einen Mangel an Toten gibt und Blut und Tränen reichlich fließen. Das Thema »Nibelungenlied heute« hatte mich schon damals in meiner deutschen Lehrzeit interessiert und beschäftigt, bin damit bei manchen Gesellschaften auf wenig Resonanz gestoßen, die Sache mit der Spannung fanden die meisten nicht besonders spannend. Mich wieder langweilten viele Gespräche bei vielen Gesellschaften, so daß ich mich heute frage, warum ich sie eigentlich aufsuchte und hinging. Vor allem meine Mitgliedschaft im Kegelclub einer Baufirma gibt mir noch heute Rätsel auf. Ich war dort der einzige externe Teilnehmer, als Österreicher auch noch »exterritorial«, alle übrigen waren Deutsche, Leute vom Fach und Angehörige der einen Unternehmung. Und dementsprechend drehten sich die Gespräche, meist Unernst und Flachs, zwischen den und während der Kegelspiele, einer

Kegelversion des 17 und 4 oder dem sogenannten »Sargnagelspiel«, um alles andere als meine Leib- und Magenthemen. Ich war der Außenseiter und kam so gesehen im Diskurs kaum vor. Ich müßte meine Teilnahme an jenen wöchentlichen Kegelabenden geradezu unter Masochismus abbuchen, wenn sie im nachhinein nicht doch noch einen geradezu vorsehungshaften Sinn bekommen hätte, als ich nämlich zwei Jahrzehnte später unter die Hausbauer ging und mir so jene damals exotischen Erfahrungen mit Professionisten der Ädifikation noch sehr zustatten gekommen sind. In Umkehrung der Vorausdeutungen des Nibelungenliedes könnte ich heute und nachträglich bei Beschreibung dieser Episode meines Lebens sagen: Darum sollte ich mir später einmal viel ersparen. Leid hilft Leid ersparen, wenn ich die Fremdheit in jenem Kreis, in den ich durch einen Bekannten mehr geraten als getreten bin, ein wenig übertrieben und dramatisch als *Leid* bezeichnen will. Durch Schaden wird man klug, könnte man jenes Abenteuer auf einen sprichwörtlichen Nenner bringen. Diese Mitgliedschaft hat mir übrigens auch finanziell über Gebühr geschadet, ich wollte mich neben den leitenden Angestellten der Firma nicht lumpen lassen, wollte wenigstens mithalten, etwa beim Rundenzahlen, wenn schon nicht mitreden. So haben mich jene Erfahrungen auf jeden Fall etwas gekostet, sie waren nicht gratis, die Anlage war aber aufs Ganze gesehen auch nicht umsonst, da ich mir durch jene Mehrausgaben damals später sicher etwas erspart habe, weil mir nun kein Baumeister mehr ein X für ein U vormachen konnte, wenn ich es bibliothekarisch sagen soll, einen mageren für einen fetten Beton, wenn ich es in der Sprache meiner damaligen Kegelbrüder ausdrücken darf. Grillen stand neben Kegeln im Club öfters am Stundenplan. Auch dabei habe ich mehr nolens als volens, also unfreiwillig manches gelernt.

Tausend Gründe, um, anders als Hera, die Problematische, hoffnungsfroh und zuversichtlich zu sein. Und hatte ich auch oft nicht aufgepaßt, wenn am Grill vor der Wirtschaft der Kegelhalle oder in den Hinterhöfen oder Schrebergärten der studentischen Wohngemeinschaften mit großer Ausführlichkeit und unendlicher Ausdauer über das Grillen, die verschiedenen Arten von Grillern, die Unterschiede der einzelnen Fabrikate von Hähnchen- oder Spanferkelrotoren, die Vorteile der Anzündhilfe INFLAMMATIO gegenüber SCHMAUCH UND FAUCH diskutiert und gestritten wurde, so reichte der Rest des Behaltenen für eine Minigrillparty in der österreichischen Vorstadt noch immer. Unter Blinden ist der Einäugige König. Und schon im 19. Jahrhundert galt ein Handwerksbursch, der »gewandert« und auf der Walz gewesen war, einem daheimgebliebenen gegenüber als überlegen. Nicht nur über das Heizen, den Feuerdienst beim Grillen, hatte ich manches gehört, auch von der Fleisch- und Wurstkunde hatte ich etliche Lektionen abbekommen, über

die Feinheiten bei der Vorbereitung und Zubereitung der Steaks und der Koteletts, die wir seinerzeit auf der ersten Silbe betonten, wie auch das Trottoir und den Kaffee und das Café.
Jeder Griller oder Grillende hatte sogenannte Geheimrezepte bei der Behandlung des Grillguts. Immer war von solchen Geheimnissen die Rede, die dann gründlich mitgeteilt und ausgeplaudert wurden. Man mußte sich so als Teilnehmer an den Grillpartys als ausgesprochene Vertrauensperson fühlen, man wurde in Geheimnisse eingeweiht und ins Vertrauen gezogen. Jeder hatte seine eigenen Quellen, aus denen er die Geheimnisse schöpfte, dieser wußte Mysterien der fernöstlichen Mykologie, jener der Gewürzkunst der Inkas oder der Sauceologie der bulgarischen Sintis. Viel verschollenes und verschüttetes, im Laufe der Jahrhunderte vergessenes Wissen aus dem Gedächtnisfundus der Menschheit wurde auf diese Weise freigelegt und ausgegraben. Einige beriefen sich auf ihre Großmutter, eine Bäurin im Hunsrück, andere auf eine uralte »Praktik der gemeinen Kochkunst«, ein Standardwerk der sieben gebundenen Künste der Inkunabelnzeit.
Ich gewann den Eindruck, daß es sich bei der »Grillologie« eindeutig um eine Arkanwissenschaft und eine magische Kunst handelt, und oft war es mir, als sei hier nicht eine gewöhnliche Gemeinschaft und ein Freundeskreis zusammen, sondern eine Geheimloge, die sich zu einem verdächtigen Ritus und zu einem Fleischkult, zu einer Wurstorgie um einen

Feueraltar, zu einem Rauch- und Brandopfer eingefunden habe. Durch die Arbeitsteiligkeit der Gesellschaften der Barbecues, durch die Delegierung verschiedener Tätigkeiten und die kooperative Mithilfe aller, mich ausgenommen, weil ich glaubhaft versichern konnte, ich hätte zwei linke Hände und bloß eine geschickte Hand zum Karteikartenschreiben, weshalb man mich weitgehend dispensierte, durch die Rührigkeit aller also bei wenigen asozialen Ausnahmen, hätte ein Beobachter, der den lebhaften Betrieb aus der Entfernung angesehen hätte, auch meinen können, hier amtiere ein Druide, assistiert von Akolythen. Könntest du mir, bitte, die Schürze umbinden, sagte etwa der Hausherr, der Kohlenschwärze oder bereits Fett an den Händen hatte, zu einem der umstehenden Festteilnehmer. Der Angesprochene aber nahm die bereitliegende Schürze und schürzte den die Hände nach Orantenart wegstreckenden Hausherrn. Szenen wie in Sakristeien spielten sich ab. Aus größerer Entfernung hätte man die Aufschrift *Chef de cuisine* auch nicht mehr lesen und entziffern und möglicherweise für eine Geheimbotschaft in Flammenschrift halten können. Der für das Getränk Verantwortliche wurde oft als »Mundschenk«, ein anderer als »Gast- und Küchenmeister«, wieder ein anderer, der die am Tor Läutenden und Wartenden einzulassen hatte, als »Empfangschef« tituliert. Alle diese Titel und Berufsbezeichnungen ergaben ein sehr buntes und zusammengewürfeltes Bild, sie stammten teils aus der Ritterwelt, teils aus der Klosterwelt, aber auch aus der modernen Hotellerie und dem Beherbergungsgewerbe und waren auf diese »hybride« Weise ein typisches Zeichen für den »Synkretismus« unserer Tage, der sich überall bedient und alles verwendet, aber auch alles durcheinanderbringt. Wenn schließlich die Hausfrau aus der Küche das Fleisch brachte, so war sie von anderen Frauen umgeben, den Gattinnen und Freundinnen der Festteilnehmer, und es war dieses Her- und Auftragen der Steaks und Koteletts auf dem großen ovalen Teller von Rosenthal *beileibe* kein bloßer und schnöder Transport, es glich viel eher einer Prozession, wie die »Hauptfrau« die Hauptschüssel, das heißt den Gral, trug und die anderen Damen daneben das Besteck und das kleinere Geschirr mit Tunken, Salaten und Saucen. Hier war wahrhaftig Repanse de Schoye aus Wolframs »Parzival« mit ihren Jungfrauen und Hostessen von der Veranda des Hauses über die Terrasse und den Rasen des Gartens zum »Wiesenplan« unterwegs. Wer einen kostbaren, buchstäblich *kostbaren* und *köstlichen* Gegenstand trägt, verändert naturgemäß seinen Schritt, setzt vorsichtig Fuß vor Fuß. Aus dem Gehen wird ein Schreiten, aus der Vorwärtsbewegung ein Prozedieren.

Natürlich bemerkte der Literaturkundige bei aller Freude an der Analogie auch die Unterschiede zwischen der Gralswelt und der Welt der Partys. Repanse ist von jungfräulichen Mädchen umgeben, der Fischerkönig Amfortas von Junkern und Rittern, die als »Templeisen« zölibatär leben,

wenn sie auch später in die Welt hinausziehen und als beliebte Heiratskandidaten Königinnen freien, Königsgeschlechter gründen und Prinzen zeugen. Hier stößt der Vergleich mit den Bediensteten der Hoch- und Tiefbaufirma an eine Grenze. In puncto puncti, wie die Römer sagten. Keuschheit stand nicht zur Debatte, aber auch die sexuelle Revolution und der sogenannte »Gruppensex«, über den man in der sexualwissenschaftlichen Abteilung unserer Stadtbibliothek mit der Aufschrift »Sittengeschichte« (in der »Erwachsenenabteilung«) als einer vorübergehenden Mode der ausgehenden sechziger Jahre manch Erstaunliches lesen kann, war damals noch nicht erfunden. Ein Barbecue ist keine Orgie, es glich jenen ursprünglich geheimen, im antiken Griechenland gefeierten ekstatischen Gottesdiensten, die in den Sittengeschichten auch unter »Mysterien« beschrieben sind und Dionysos, dem Rauschgott, galten, mit sexuellen Ausschweifungen und wüsten Gelagen einhergingen, nur recht *peripher*, um es griechisch zu sagen.
Ich erlebte in meiner »deutschen Zeit« einerseits *Gartenfeste*, und andererseits *Grillpartys*, das hieß sowohl förmlichere, feinere, am Rande der Feierlichkeit angesiedelte Gesellschaften, als auch ausgesprochen legere und zwanglose »Hausfeste«, im Fasching, den wir damals »Karneval« nannten, auch Maskeraden, Pyjamapartys und andere Spaßhaftigkeiten. Einige Zusammenkünfte begannen als *Fest* und endeten als *Party*, das

Umgekehrte habe ich nie erlebt, daß nämlich der Beginn lockerer und ungezwungener und das Ende zeremonieller und förmlicher gewesen wäre. Das widerspräche ja auch der Natur des Menschen, namentlich des essenden und vor allem trinkenden Menschen. Auf den angeheiterten, den betrunkenen Menschen wollen wir einmal weiter nicht eingehen, vom »besoffenen«, dem »blauen«, dem »vollfetten« und »sternhagelvollen« überhaupt zu schweigen. Aber ist nicht eigentlich auch der angegessene, der satte, ja übersättigte Mensch, also der Gourmand oder Vielfraß, ein trauriger Mensch in doppelter Hinsicht, traurig anzuschaun und auch selbst traurig, desolat in jeder Hinsicht. Denn wer mehr auf das Essen selbst als auf die Zelebration des Essens aus ist, wer über seinen Heißhunger und seinen konturlosen Appetit auf Tischzucht und Manieren vergißt, weniger speist als ißt, wenn nicht frißt, weniger tafelt als futtert, der ist als Angegessener natürlich und naturgemäß ein unzufriedener und unglücklicher, ja todunglücklicher Mensch. Die österreichische Mundart kennt die Ausdrücke »angespeist« und »angefressen« für die Seelenlage eines unguten und unlustigen Menschen. Diese *ekelhafte* Mentalität tritt unabhängig vom Essen auf, es gibt in Wien auch »angespeiste« Menschen mit leerem Magen. Die vitale Basis der uneigentlichen Ausdrucksweise ist aber der Ekel und Überdruß nach Übergenuß. Es zeugt einerseits vom Humor, der in der Mundart steckt, andererseits

aber auch von der sozialen Tatsache, daß es »Angespeistheit« nicht nur im Proletariat, sondern auch in höheren Etagen gibt, wenn man neuerdings auch ein synonymes »andiniert« hören kann und nun drei im Wortethos verschiedene Ausdrücke zur Verfügung stehen: angefressen, angespeist, andiniert, in aufsteigender Reihenfolge.
Ja, der satte Mensch ist traurig. Er sieht vor sich die Speise, den Tisch gedeckt und mit allem Überfluß beladen und ist nicht mehr in der Lage, sich darüber herzumachen, wie er es liebend gerne täte. Alles widersteht ihm. So erscheint es auch verständlich, daß sich die kulturlos gewordenen und »übersättigten« Menschen der römischen Spätantike in ihrer Dekadenz überlegt haben, wie sie aus dem Zustand der Sattheit, ja Übersättigung schnell, womöglich plötzlich wieder in den Zustand des Hungers und des Appetits, aus der Schuld gewissermaßen in die Unschuld zurückkehren könnten. Und sie bewerkstelligten diese »Katharsis« oder Reinigung mit dem Hebel des Ekels. Als Ausweg bot sich ihnen die *titillatio* an, die Behandlung des Gaumens mit der Feder, das Rachenkitzeln. Was den Weg der natürlichen Ausscheidung nicht so schnell nehmen konnte, mußte auf der Stelle dort heraus, wo es eben wie in eine Gans hineingestopft worden war. Dies ist der klassische Fall einer *Perversion*, was ja auf deutsch »Verdrehung« heißt. Es ging um die »Perversion« oder auch »Inversion« der sogenannten Peristal-

tik. Marcus Tullius Cicero spricht von *multitudinis levitatem voluptate quasi titillare,* mit »aus Genußsucht die Erleichterung von der Fülle herbeikitzeln« zu übersetzen. Ein *titillator* räumt seinen Magen auf, er macht »tabula rasa«, er »serviert ab« und macht reinen Tisch, um sich wieder bedienen zu können.

So war ich über die deutschen und die römischen Festbräuche, über Vomitiva oder Vomitorien, Brechmittel und Abführmittel, tief ins Nachdenken und Sinnieren geraten, ohne unser eigenes bevorstehendes Fest, wie es Hera nötig schien, zu fördern und zu betreiben. Meine Frau trat aus dem Haus und sah von der Terrasse aus kopfschüttelnd und unzufrieden von ihrer erhöhten Warte aus auf mich herunter. Es sei jetzt immerhin 18 Uhr, meinte sie, und die Währingers, unsere Gäste, stünden in etwas mehr als einer Stunde, spätestens um 19 Uhr 30 vor der Tür, wie sie, Hera, sie, die Währingers, am Telefon noch um Pünktlichkeit gebeten habe, damit das Timing der Party okay gehe.

Gemach, gemach, sagte ich, das Festliche verträgt keine Eile. *Festina lente,* sagte ich, heiße »Eile mit Weile«, nicht »Mache schnell ein Fest«. Die lateinische Sprache führe einen mit der lautlichen Nachbarschaft von *festinare* und *festivitas* auf eine falsche Fährte, als handle es sich beim Festefeiern um eine schnelle Angelegenheit, als ginge es darum, auf Tempo zu machen, so wie sie einen auch mit der lautlichen Nähe von *celebrare,* »feiern«, und *celer,* »schnell«, auf das etymologische Glatteis führe. Halten wir uns an den Zusammenhang von *feria,* »freier Tag«, und *Ferien.* Auch das Feuer einer Feier müsse sich langsam entwickeln, wir möchten schließlich kein Schnellfeuer. Freudenfeuer brennen munter und stetig, nur Schadenfeuer brechen aus. Meine Frau war aber sehr ungeduldig, ungnädig und ungehalten, jedes Wort von ihr löse bei mir weiter nichts aus als eine Kettenreaktion von philologischen Variationen. Sie, Hera, habe die Käsekrainer im Sinn, mir aber stehe der Sinn offenbar nach Redensarten, die das Feuer in mir entzünde. Meine Redseligkeit und unselige Handlungsarmut schlügen sich ihr langsam auf den Magen. Nach dieser heftigen Rede wollte sie nichts mehr von mir hören, sondern zog sich anschließend an diesen von mir später als »Intervention Nummer 1« bezeichneten Auftritt ins Innere des Hauses zurück.

Heras 1. Intervention blieb nicht ohne Wirkung auf mich. Ich beschleunigte meine fulminanten Hantierungen, ohne freilich gleich in Hektik zu verfallen und ohne alle meine zum Teil wehmütigen und melancholischen, zum Teil hellen und strahlenden Feuererinnerungen zu unterlassen. So fielen mir vor allem die Sonnwendfeuer meiner Kindheit am Land ein, Lagerfeuer und Osterfeuer. Wie wir seinerzeit über das Sonnwendfeuer sprangen, unschuldig, bis der braune Steppenbrand des Nationalsozialismus die Feuerchen der Jugendbewegung brutal überstrahlte und auslöschte. War mir der Feuerzauber der Hitlerjugend dank meiner Herkunft auch erspart geblieben, und reicht meine Erinnerung nur bis zu den Lagerfeuern der späten vierziger Jahre zurück, so wurde mir im nachhinein doch auch bewußt, daß wir dabei manches Lied gesungen und geschmettert haben, das auch vorher gesungen und geschmettert wurde. Denn nicht alle Feuer waren mit dem Zusammenbruch schlagartig erloschen, manches glost weiter und droht auch heute beim geringsten Luftzug wieder angefeuert und entfacht zu werden. Als ich damals draußen war, erschien dortzulande ein Gedichtband eines Ehemaligen, eines freundlichen älteren Herrn. Nach einer längeren Zeit des erzwungenen und selbstauferlegten Schweigens, nachdem er in seiner Jugend sehr laute und schreckliche Dinge verfaßt hatte, *wagte* er sich nun wieder und noch einmal an die Öffentlichkeit. Und er lieferte gleich wieder eine mannhafte Mutprobe. Die Gedichte des alten Herrn, die ich damals mit einer Signatur zu versehen hatte und nun mit einer Zensur versehe, waren ganz »alte Schule«. Um von anderen Merkwürdigkeiten und Anachronismen des Reichs zu schweigen, strotzten sie geradezu von Feuermetaphern. Das Buch glühte in Richard Wagnerischer Lohe. Seinem Autor mußte es beim Schreiben, nein Schmieden, Schmelzen und Brennen dieser bibliothekgefährdenden Poeme wohl ähnlich wie Wagners Siegfried im »Ring des Nibelungen« gegangen sein, der »feurig«, wie es in der Regieanweisung heißt, sagt und singt, Singen und Sagen tut: »Nun brach die Lohe mir in die Brust; es braust mein Blut in blühender Brunst; ein zehrendes Feuer ist mir entzündet: die Glut, die Brünhildens Felsen umbrann, die brennt mir nun in der Brust.« Nebenbei sei gesagt, wenn es Wagner auch nicht mehr hören und korrigieren kann: Wer die archaische Form *umbrann,* das starke Präteritum von *brinnen* verwendet, der müßte konsequenterweise auch *brinnt* statt *brennt* sagen, weil es doch intransitiv »die brinnt mir nun in der Brust« heißt und nicht: »die brennt mir die Brust«, oder: »die brennt mich nun in der Brust«. Aber dies nur nebenbei, am Rande des Feuers.

Was die Gedichte des Wagnerianers betraf, so loderten, krachten, knisterten, brodelten und rumorten in jenen Gedichten alle Arten von Brand, Brunst und Brodem, und dies eigentlich und uneigentlich, das heißt im verglichenen Sinn: *wie, als ob, wie wenn, so wie, gleichsam* und *sozusagen,* wobei in diesem Beziehungsetzen und Vergleichen, im Quasi und Pseudo, hinter den Feuern die entflammte Welt lag. Von der Kerze als dem Lebenslicht bis zum Weltenbrand kam alles vor in diesen hundert Seiten Brennmaterial.

Jenes brennende Buch nun aus dem Lande des Brennenden Berges zwischen Dudweiler und Sulzbach, den schon Johann Wolfgang von Goethe besucht und bestaunt hat, wie in »Dichtung und Wahrheit« nachzulesen ist, provozierte in einer der Zeitungen eine wahrhaft beißende und ätzende, scharfe Kritik, einen sogenannten Verriß. Das war nun auf seine Art eine Bücherverbrennung. Der Rezensent legte gewissermaßen, um es wie der Dichter zu machen und durch die Blume und bildlich zu sagen, den Poeten auf den Scheiterhaufen seiner Verachtung und seines Spotts und verbrannte den Autor mitsamt seinem Feuer-Werk. Er goß noch zusätzlich Öl in das Feuer des Feuer-Werks, um deutlich und drastisch zu machen, wohin seiner Meinung nach der ganze Feuerzauber führt, weil schon einmal geführt hat. Legte der Kritiker hier noch ein Schäuferl nach, so griff er schließlich zum Wasser als dem naheliegendsten Gegenelement und Gegenargument. Immer dann, schrieb er, wenn im Buch wieder ein Feuer aufgefahren sei, habe er: »Wasser marsch!« gerufen. Und »Wasser marsch!« war meiner Erinnerung nach auch der Titel der Besprechung. So standen, metaphorisch gesprochen, Feuer-Werker gegen Feuer-Wehrer. Der Autor mochte sich in seiner Selbsteinschätzung für einen *Phosphorus,* einen Feuerträger und Lichtbringer halten, der Rezensent nannte ihn aber einen *Pyromanen*, so stritten die beiden gegeneinander, wie die Wörter *pyr* und *phos* im Griechischen im semantischen Wettkampf liegen.

Ich erinnere mich auch an das Wort *Einbrenn,* das der Rezensent verwendete und das bei mir unangenehme Erinnerung an die Einbrennsuppe meiner Mutter wachrief, die ich immer ungern gegessen habe. Ich muß mich dort im Saarland übrigens am Rande des, nein *außerhalb* des Einbrenn-Gebietes und im Gebiet der mit der süddeutschen Einbrenn konkurrierenden *Mehlschwitze* befunden haben. Aber vielleicht war der Rezensent ein Süddeutscher, der das Wort *Einbrenn* und die auch für ihn möglicherweise unangenehme Sache, für die es steht, aus seiner süddeutschen, alemannischen oder bayrischen Heimat mitgebracht hat. Es muß, dem Tenor der Besprechung nach zu schließen, auch bei ihm eindeutig negativ besetzt gewesen sein und mit Unlust konnotiert haben, er mag von seiner Mutter auch zur Einbrenn oder in den »Mehlschwitzkasten« gezwungen und gesteckt worden sein.

Unter solchen Reminiszenzen und feuerbezüglichen Gedanken machte ich mich in aller Ruhe an die Auswahl des Feuerplatzes, auf die Suche nach einer ebenen Stelle als Standplatz für den mit vier wegstehenden, abschraubbaren Füßen versehenen Griller. Kurz nach den Verwüstungen der langen Bauzeit hatten bereits Maulwürfe und Maulwurfsgrillen ihre Wühlarbeit begonnen, Erdhügel aufgeworfen und Löcher und Gänge gebohrt, den Gefahren des Einbrechens in Erdlöcher war also auszuweichen, der Boden unter dem Feuerstuhl durch Festtreten zu solidisieren. Ein Garten am Stadtrand, und das heißt auch am Rande des Bauern- und Ackerlandes, wird von jener unwirtlicheren, wenn auch landwirtschaftlich genützten Natur jenseits der städtischen Gemarkung und außerhalb des »Banns«, der »Bannmeile«, beeinflußt und beeinträchtigt, wie immer, positiv oder negativ, man das bewerten mag. Anders aber als die innerstädtischen Parks, zu denen sich vom städtischen Umland her kein Hase und kein Maulwurf mehr durchschlagen und vorkämpfen könnte, weil er tausendmal überfahren und gerädert worden wäre, besuchen uns hier an der Peripherie nicht nur die lieben und erwünschten Tiere, die Rehe, Hasen und Eichkätzchen, sondern auch die weniger erwünschten und das Ungeziefer. Jährlich nach dem Abernten der Felder kommt es zu einer Mäuseinvasion. Jetzt besuchen uns die Feldmäuse und erschrecken die Hausfrauen zu Tode. Nicht nur Frauen aber haben eine richtige Mäusephobie entwickelt. Die Wühlmäuse ärgern die »gründlichen« Gärtner unter den Siedlern, zu denen ich damals nicht gehörte und auch heute nicht gehöre. Ich nehme es diesbezüglich nicht so genau, viel zu lasch, wie ich von Hera oft hören muß. Und es werden mir oft die Nachbarn als leuchtende Vorbilder vorgehalten. Ich aber blieb statt Rasen bei Wiese, und die mähe ich im Biorhythmus der Bauern genau dreimal, Heu, Grummet und Afelgrummet, das muß reichen.

Distanz halten! Dies ist das erste Gebot für den, der ein Feuer entfacht und dieses Feuer unter Kontrolle halten möchte. Meide die Nähe der Häuser und der Menschen! Schon oft hat einer die Reichweite eines Feuers unterschätzt. Feuer aber, Funken sind weitreichend und »nachtragend«, wenn der Wind richtig steht und weht.

Dem Wind aber ist nicht zu trauen, er ist wetterwendisch und ändert die Richtung, hängt seine Fahne in den Wind und ändert seine Meinung. Und plötzlich ist aus einem Rückenwind ein Gegenwind geworden. Eindrucksvolle Beispiele für die Unverläßlichkeit des Windes liefert etwa die griechische Mythologie am Beispiel des schönen Jünglings Hyakinthos, der in Amyklai lebte und gleichzeitig von Apollon und Zephyros bewundert und »verehrt«, das heißt geliebt, wurde. Zephyros aber war eifersüchtig, weil Hyakinthos Apollon bevorzugte. Und so rächte er sich eines Tages, als Hyakinthos und Apollon den Diskus warfen. Er drehte urplötzlich den Wind, er, der Westwind, drehte sich selbst und um seine eigene Achse, und so traf der von Apollon geworfene Diskus den Hyakinthos am Kopf. Der Jüngling brach zusammen und starb. Apollon aber übernahm selbst in Amyklai den Kult des Hyakinthos. Favonius heißt der griechische Zephyr, der Westwind, der als Fruchtbarkeitswind galt, im Lateinischen, per favore. Der Ostwind aber ist todbringend, wie an Hyazinths Beispiel ersichtlich, der auch jener Blume, die an der Stelle seines Unfalls aus der Erde wuchs, den Namen gab: Hyazinthe.

Ich erinnere mich aber auch an den Brauch der Römer, dem Volcanus, dem Gott des Feuers und der Schmiede, außerhalb der festen Siedlungen, zum Beispiel in Ostia und nicht in Rom, einen Altar zu errichten. Der Feuerkult, etwa das Verbrennen von hölzernen Waffen, war durchaus gefährlich, der Gott Vulkan konnte jederzeit »ausbrechen« und seinen eigenen Priester zu einem »Raub der Flammen« machen, so wie dieser, der Zelebrant, jene Fische, die dem Vulkan heilig waren und darum ins Feuer geworfen wurden, ins Feuer schmiß! Wasser und Feuer vereinte der Vulkankult, ließ die Fische, deren Element das Wasser ist und die niemals verbrennen, im Feuer schwimmen. Dies ist das traurige Lied vom »Untergang« der Fische, die nicht nur »an Land« gingen, sondern sogar »durch das Feuer«. Immer wenn ich an den Straßen im Alpenvorland an Sommerabenden eine »Bude« oder »Halle«, einen »Stand« mit sogenannten Steckerlfischen, das sind Makrelen, sehe, muß ich an Vulkan denken und seine Fischopfer ... Schau, sage ich dann gern zu meiner Frau, hier wird vulkanisiert, das heißt Vulkan geopfert, mit dem Unterschied, daß die Fische, die über das Feuer auf den Rost gelegt werden, schon tot sind, während der Vulkanpriester des Altertums die Wassertiere lebend ins Feuer schleuderte. So gesehen gleichen eher die Grausamkeiten der lieben Kleinen, der Kinder, die Kaulquappen in vivo auf glühende Herdplatten legen, oder auch die atavistischen Schneckenliebhaber, die lebende Schnekken ins siedende Wasser werfen, den archaischen Brauchtumsträgern. Oft mißversteht meine Frau meine kulturhistorischen Anmerkungen über die »Vulkaniseure«, das heißt Steckerlfischbrater, als Spott und meint, diese verdienten sicher besser als ein kleiner Volksbibliothekar, also ich. Als ob das ein Argument wäre. Daran habe ich keinen Zweifel, sage ich. Diese Feuerwerker, sage ich, *schwimmen* im Geld, und ein solcher Feueraltar auf einem günstigen Platz ist eine sogenannte Goldgrube, ein Volksbibliothekar ist, verglichen mit diesen, ein armer Schlucker, sozusagen ein Feuerschlucker oder überhaupt ein Hungerkünstler und Bettler neben dem Kotelettkönig oder Burenwurstkaiser. Ich habe mir aber niemals durch niemanden, auch nicht meine Frau, den kultischen, sozusagen »liturgischen« Blick auf die Männer und Frauen hinter dem Rost, lateinisch *craticulum* (das in *Grill* steckt), nehmen, sozusagen durch Qualm und Dunst und Rauch hindurch rauben lassen. Sieht man etwa einen Bratwurstbrater, einen geschickten *Craticulator* oder *Craticuleur,* am Werk, wie er die Würste verteilt, die neuen ins Zentrum der Hitze legt und so für ein erstes »Schockieren«, den initialen Hitze-Schock, sorgt, die bereits angebratenen und durchwärmten aber aus dem Zentrum rückt, indem er sie nicht einzeln in die Zange nimmt, sondern mit dem Rücken seiner hölzernen Klemme gleich reihenweise verschiebt und aus der Gefahrenzone bringt, wie er die Würste wiederum en bloc wendet, indem er wie ein Klavierspieler, der die Klaviatur hochstreicht und Tonleitern erklimmt, mit seinem Kochlöffel darüberstreicht, auch wie ein Dompteur seine Tiere gleichsam nur antippt, so daß sie wie auf Kommando springen

und sich umlegen, und wie er schließlich die fertigen und garen am Rand deponiert, um sie gleich oder später zu verkaufen — das alles grenzt an Hexerei. Es enthält alle Arten der Zauberei, sowohl Illusionismus als auch Manipulation, Jonglieren und Tricksen. Schließlich ist seine Aufgabe eine dreifache, er unterhält erstens das Feuer, zweitens agiert er auf der mittleren Ebene der Braterei, der Ware, und drittens ist er Kaufmann, er bedient also nicht nur Feuer und Würste, sondern auch Kundschaften. Er rückt Würste und gibt Geld heraus, es ist, so gesehen, nicht nur Vulkan, sondern auch Hermes, der Gott der Diebe und Kaufleute, im Spiel. Als ob diese Funktionsvielfalt, diese Aufgabentrias nicht schon genug wäre, bringen einige Craticuleure auch noch das Kunststück zuwege, in ihrer Bude das Portabile eines Fernsehers aufzustellen und neben all der Arbeit auch noch dem Vergnügen der Bildbetrachtung zu frönen. *Panem et circenses!*, war die Grundforderung an die römischen Politiker, sie mußten dem Volk *Annones,* Getreidespenden, geben, und sie mußten Spiele veranstalten. Panem et circenses! Natürlich ist die *Television,* um es griechisch-lateinisch-englisch zu sagen, auch ein *Service,* um es lateinisch-französisch-englisch zu sagen, für das *p.t. Publikum,* lateinisch gesprochen.
Denn während die Leute diesseits der Theke stehen und essen, blicken sie auch noch jenseits auf den Bildschirm und verfolgen ein Fußballspiel oder »Ben Hur« oder »Cleopatra«. Einige lassen sich dadurch natürlich sehr viel Zeit, essen lang-

sam und käuen wohl auch wieder, um noch den Schlußpfiff oder den Finis des Films zu erleben. Das kann für den Budenbetreiber geradezu zur Geschäftsschädigung werden, wenn die Fernsehattraktion die Attraktion seiner Ware übersteigt und die Besucher der vorderen Reihe den nachfolgenden nicht Platz machen wollen, so wie sicher auch die Römer oft, wenn die Circenses besonders aufregend und spannend waren, auf das Essen, den panem, vergessen haben mögen. Und es ist sicher nicht erst einmal ein Schaden daraus entstanden und wohl auch eine Bude abgebrannt, weil der Craticuleur die Augen mehr in der Röhre als am Herd hatte. Vulkan aber ist unberechenbar, er läßt seiner nicht spotten, er verlangt die ungeteilte Aufmerksamkeit, die völlige Hingabe, die konfessionelle Ausschließlichkeit. Du sollst keine anderen Götter neben mir haben, etwa Venus. Ist die Suppe versalzen, so sagt man, die Köchin sei verliebt.

Große Feuerkatastrophen aus dem Mittelalter und dem Altertum vor Augen, nicht nur den Brand der Bibliothek in Alexandria, sondern auch den Brand des Salzburger Doms — Feuerjo, der Dom brennt! —, ging ich ans Werk, das für mich neue. Und ich bildete mir ein, richtig zu handeln, wenn ich aus der Geschichte lernte, die gelungenen und die mißlungenen Rauch- und Brandopfer der Vergangenheit vor Augen. Ich wollte mich schließlich nicht blamieren, und ich wollte auch meine Gattin nicht blamieren, der an der

Einladung weit mehr lag als mir. Denn natürlich spricht sich der geringste Fehler, den hier in dieser kleinstädtischen Vorstadtsiedlung einer macht, sehr schnell herum. Es kann einer gar keinen so kleinen Fehler machen, daß sich die Kunde davon nicht in Windeseile verbreiten würde, bei Westwind oder Ostwind, Favonius oder Ausonius, das spielt keine Rolle. Es ist die Göttin *Fama,* die die Neuigkeiten verbreitet. Und ich wußte sehr wohl, daß der kleinste Feuerfehler im Grill, der mir womöglich unterlief, wie ein *Lauffeuer* durch die Siedlung lief. Publius Vergilius Maro hat im 4. Buch seiner Aeneis die Fama bestens beschrieben: »Fama, ein Übel, das hurtiger ist als alle die anderen. Schnelligkeit nährt sie, sie wächst und schwillt an im Schreiten. Klein ist sie zu Beginn aus Furcht, erhebt sich aber bald in die Lüfte, geht über die Erde und durch die Luft ... schnell ist sie bei Fuß und auch flügge. Gräßlich und groß ist sie an Gestalt. So viele Federn hat sie, so viele wachsame Augen darunter, so viele Zungen und Mäuler ertönen, so viele Ohren macht sie spitz. Nachts durchfliegt sie den Äther, rauscht durch die Schatten und schläft niemals. Tags sitzt sie auf Häusergiebeln und auf Türmen und erstaunt und schreckt ganze Städte. Lügt oder hält sich auch an die Wahrheit, je nachdem, erzählt mit hämischer Freude Wahres und Halbwahres ...« So ähnlich jedenfalls steht es bei Vergil, von mir frei übersetzt, für den Hausgebrauch einer Vorstadtsiedlung. Jahrtausende ist es alt, das Fräulein Gerücht, aber immer noch fleißig unterwegs, durch die Erfindung der Zeitung ist sie gewissermaßen professionell geworden, sie betreibt heute Agenturen, beschäftigt Redakteure und Mitarbeiter. Über den Fernschreiber hat sie den Äther, von dem bereits Vergil spricht, nun endgültig erobert. Und sie herrscht auch über Dokumentationszentren und Archive, es soll nämlich nichts verlorengehen, so nichtssagend ein Wort auch gewesen sein mag, so unerheblich und des Aufhebens nicht wert eine Tat, ein Aktiönchen, es soll auch der Nachwelt erhalten bleiben, das ist das Famose an der Fama.

Nun hat uns in Germanien die Fama erreicht, daß Uncle Sam mit seinen neuen Restaurantketten die Gastronomie der heiligen Stadt Rom revolutioniert und etwa direkt an der Spanischen Treppe einen sogenannten Schnellimbiß errichtet habe und daß infolgedessen die ganze Treppe und nicht nur der Absatz mit jenen Papptellern übersät sei, die die eiligen Esser nach Verzehr der »Hamburger«, amerikanisierter Bouletten, zurücklassen. Da haben die Gänse des Kapitols wieder »angeschlagen« und zu schnattern begonnen. Ein Aufschrei der Entrüstung sei im Rathaus laut geworden und Senatus Popolusque Romanus seien entschlossen gewesen, den unrömischen Umtrieben des McDonald, so der Name des Betreibers des Velociter-Restaurants, Einhalt zu gebieten. Die Würde der Stadt des Aeneas, des Romulus und des Remus sei auf dem Spiel, denn was sei das für eine Eßkultur, wurde gesagt, wenn sich die vielen tausend Halbschuh-, Billig- und Reisebürotouristen, so wie sie sich an den Gelatiständen ihren Schleckermann, nun an langen Theken ihre dreistöckigen, eingezwickten faschierten Laibchen holten und dann mampfend und bröselnd, mit vollem Mund sprechend oder mit sprechendem Mund essend, über Michelangelo und Raffael und das Kolosseum unterhielten. Wo bleibe Roma Augusta, das erhabene und hehre Rom! Es habe aber einer im Gemeinderat erzählt, er habe einen grell und bunt gekleideten Amerikaner mit der Stulle in der Hand, einem »Big Mac«, zu seiner Mamie, der ebenfalls stullenbewehrten mit einem Doppel-Cheeseburger, angesichts der am Euter der Wölfin saugenden Brüder Romulus und Remus sagen gehört: Look at that, daddy, was für ein praktischer Getränkeautomat, isn't it? Oh really, wonderful! In einer großangelegten Rede des schweren Stils, also mit den klassischen Gesten des Armverschränkens, Händehebens, Handverschlingens, des warnenden Drohens und des resignierenden Händehängenlassens, habe ein besorgter Traditionalist mit Hinweis auf den Zusammenhang zwischen Troja und Rom gesagt, der Amerikanismus sei das Trojanische Pferd des heutigen Rom, McDonald aber Odysseus, denn was der Mensch ißt, das ist er, was er esse, das sei er. Und bald werde der Römer nicht mehr Römer, sondern nur noch eine Kundschaft McDonalds sein, der Römer hole sich bei einem

Philadelphier einen Hamburger, das sei die Perversion der heutigen Zeit. Die Römer aber sollten, bildlich gesprochen und uneigentlich ausgedrückt, also mit einer *translatio*, einer Metapher gesagt, um ihre Stadt, wie Romulus um seine Gründung auf dem Palatin, eine Mauer errichten, und wenn sie die Amerikaner wie einst Remus spottend und lachend überspringen, sollten sie den Amerikanern, wie Romulus dem Remus, eins aufs Haupt geben. Die römischen Roßfleischhakker sollten das Trojanische Pferd der Amerikaner schlachten.

Während aber einige »Feuer!« riefen, wurde von Fama kolportiert, hätten andere bereits ihren Frieden und ihr Geschäft mit dem Neuen gemacht und sich mehr als bloß damit abgefunden, daß nach der Pizzeria nun die Zeit der Hamburgeria angebrochen war.

Als ich an meinem neuen Grill zu neuen Taten schritt, schoß mir aber noch eine andere Fama ins Gedächtnis, ein historisches Gerücht, von dem ich vor kurzem in einem populären Geschichtswerk über das Mittelalter gelesen hatte. Demnach soll der sonst faule König Wenzel von Böhmen im ausgehenden 14. Jahrhundert in seinem Jähzorn nicht faul gewesen sein und einen Koch, der ihm ein verbranntes Essen servierte, verbrannt, das heißt ins Feuer werfen haben lassen. Der König sei ein Alkoholiker gewesen, und nachdem einer seiner Hunde, ein Bluthund, seine Frau umgebracht habe, sei er vor Rührung und Trauer, wie es in einigen Quellen heißt, wegen eines Rausches, wie Fama uns glauben macht, nicht in der Lage gewesen, am Begräbnis teilzunehmen. Dicitur, dicitur. Horribile dictu!

So hängt alles zusammen und das Unvereinbarste steht nebeneinander, neben der Spanischen Treppe die amerikanische Massenausspeisung, neben dem Stephansdom Wiens der Maronibrater, und neben der »Aeneis« des Vergil in unserer Stadtbücherei stehen die grellen Sex- and Crime-Bestseller, neben den »Georgica« und den »Bucolica«, dem altrömischen Preis des Otiums und der Gelassenheit, neben Seneca, dem Großmeister der Stoa, Bücher über Extrembergsteiger und andere sinnlose Abenteurer, Fantasy und Science-Fiction neben Adalbert Stifter.

Nicht nur meine deutschen Erfahrungen, meine Erinnerungen an Gartenpartys im Saarland bewogen mich, auf einen gehörigen Abstand vom Eßplatz zu sehen, weil ich mich auch erinnerte, daß wir manchmal so dicht an der Feuerstelle saßen, daß nicht nur die Filets und Koteletts, sondern auch die Gäste gegrillt wurden und im beißenden Rauch entzündete Augen bekamen und nichts wie hüsteln mußten. *Hüsteln* ist ein iteratives und zugleich diminutives, ein wiederholtes und verkleinertes Husten, und Hüsteln ist eigentlich fast ein Hilfsausdruck oder ein Euphemismus, eine Beschönigung für das, was sich HNO-mäßig dort abspielte. Alle Tonarten zwischen Räuspern und Erbrechen habe ich noch im Gehör. Diesen Fehler wollte ich also nicht machen. Aus Schaden wird man klug, heißt ein Sprichwort, und mehr weiß auch die Lernpsychologie nicht. Damals war ich noch nicht verheiratet, und so störte sich auch niemand an meinen verrauchten und geselchten Kleidern, wie es heute meine Frau tut, wenn ich aus einem der drei von mir besuchten Cafés heimkomme. Meine Frau weiß immer und sofort, in welchem Café ich gewesen bin, und meistens sogar auch, wen ich dort von den Bibliothekskollegen getroffen habe. Die Zigaretten, Zigarren, Zigarillos und Pfeifen der Herren Kollegen prägen sich meinen Kleidern, den Kleidern eines Nichtrauchers, unübersehbar ein, und meine Frau hat bereits eine todsichere Witterung, was die Virginias, Havannas, Revals und Roten Hände betrifft. Ja sie schließt etwa von der Intensität des Gestankes der Pfeife des Kollegen Reutmann, die sich in meinem Rock verfangen und festgehalten hat, auf die Stimmung und Verfassung des Kollegen. Hat er wieder Sorgen mit seinen Töchtern, sagt sie, weil er gar so viel pafft, der gute Reutmann. Damals in den sechziger Jahren, als das Grillen und die Gartenpartys Mode geworden waren, noch gegrillt und so die Küche ins Freie hinausverlegt wurde, fiel man als Geräucherter gar nicht besonders auf; wie sich ja etwa auch am Balkan, woher meine Schwiegerleute stammen, niemand über einen aufregt, der viel Knoblauch ißt. Ja dort in Albanien, erzählt mir mein Schwiegervater, er sagt *Chipperia,* wo er herstammt, wäre einer aufgefallen, wenn er sich am allgemeinen Knoblauchkonsum nicht beteiligt hätte. Der riecht aber komisch, hätten sie vermutlich gesagt. Der hat einen auffallenden, merkwürdigen Geruch. Man kann, strukturalistisch gesprochen, den Knoblauchgeruch für eine »Markierung« halten, der Knoblauchesser ist »eine markierte Stelle«; wenn aber diese Markierung an allen oder fast allen vorhanden und so zur Regel, zum Durchschnittlichen wird, dann erscheinen die wenigen Ausnahmen, die nicht markierten Elemente nämlich, die »Nullstellen«, als extraordinär und auffällig. Die Nichtmarkiertheit wird so zur Markierung, zum Stigma.

Das hätten sie in Shoiperia, der Heimat meines Bestervaters, natürlich anders ausgedrückt. Jedenfalls hätte man einem Außenseiter, der keinen Knoblauch verzehrte, sicherlich zum Knoblauchkonsum geraten, um sich anzugleichen und anzupassen, die nationale Identität zu erreichen und nicht umgekehrt wie bei uns, wo man den Liebhabern des Knoblauchs, jenes »Gewürzes für Junggesellen«, wie es auch heißt, alle möglichen todsicheren Mittel zum raschen Abklingenlassen des schlecht beleumundeten Mundgeruchs anpreist, vor allem aber Milchtrinken. Damals also mag man als Geräucherter in Deutschland gar nicht so aufgefallen sein, die Deutschen waren durch die Gartenpartymode zu einem einig Volk von Heizern geworden.

So wie sie damals auch zu einem einig Volk von Saunagängern wurden. Die Sauna haben die Soldaten im Krieg in Finnland kennengelernt. Dort wo sie eigentlich nichts zu suchen hatten, haben sie die Sauna gefunden. Und so wie sich mancher brave Angestellte oder Arbeiter oder Akademiker viel auf seine Heizkünste zugute hielt, von denen ich mir so viele anhören mußte, so gab es nun in den Saunen auch ausgesprochene Facharbeiter des Aufgusses. Gewisse Saunagänger wählten den Termin ihres Saunaganges geradezu nach dem Aufgießer aus. Der oder jener macht den besten Aufguß, hieß es rühmend. In allen Saunen gab es wohl solche Aufgußberühmtheiten. Wie es aber nun in Deutschland und Österreich zu gehen pflegt, verwechselte man schnell den guten mit dem *starken* Aufguß. Der beste Aufguß war der stärkste und schärfste Aufguß. Man goß viel und scharfe Wässerchen auf die heißen Steine des Ofens im Schwitzkasten, und wenn dadurch die Luftfeuchtigkeit stieg und unerträglich wurde, daß man Mühe hatte, im Raum zu bleiben, dann handelte es sich um einen »guten« Aufguß und um einen »guten« Aufgießer. Es mußte brennen, und die Schwitzkästen der Saunen wurden so zu Brutstätten des Masochismus, wenn man es von den Saunisten aus sah, die ihren Peiniger, den Aufgießer, lobten und priesen, oder des Sadismus, wenn man es von der Warte des Aufgießers selbst her betrachtete. Daß es sich beim Ertragen der tropischen Heißluft eigentlich um Qualen handelte, kam auch in den spaßhaften und scherzhaften Anreden an den Aufgießer zum Ausdruck. Immer wieder rief einer »Mörder!« in den Raum. Willst du uns umbringen, fragte einer rhetorisch, was haben wir dir denn getan, klagte einer, womit haben wir das verdient? Auch die Aufgießerei galt als eine Art Arkan-, das heißt Geheimwissenschaft. Keiner der Aufgießer wollte verraten, was er ins Aufgußwasser gab und schüttete, es wird sich wohl meistens um Alkohol, Fusel, billigen Schnaps gehandelt haben, hin und wieder auch um Tannen- oder Fichtentinktur, Tinkturen irgendwelcher Art, Parfüms, Duftwässer von der herben Sorte. Die »Herbheit« dominierte auch die Gespräche in den Saunen, und so wie es berühmte Aufgießer gab, gab es auch berühmte Witzeerzähler. Bis zur Unerträglichkeit produzierten sich einige im Witzeerzählen und Zotenreißen. Trafen sich in einer Sauna ein »guter« Aufgießer und ein »guter« Unterhalter, so war es nicht mehr auszuhalten und unerträglich, denn beides verstößt auch gegen die Saunaregeln, die erstens Ruhe und wieder Ruhe, »Geruhsamkeit« auch beim Aufgießen vorschreiben. Der Aufgießer und der Witzeerzähler aber legten immer wieder ein »Schäuferl«, wie es hieß, nach! Noch ein Guß und noch ein Scherz bis über die Schmerzgrenze hinaus. Biedere Angestellte, die in ihren Betrieben sicher nicht das große Wort hatten, wurden unter diesen Rahmenbedingungen zu wahren Stimmungskanonen. Die Privatsauna ist der einzige Ausweg aus der Sauerei der öffentlichen Saunerei, sagte einmal einer, der die Aufgüsse und die Witze auch nicht mehr ertragen konnte, ohne etwas anderes zu monieren als eben die Aufguß- und Unterhaltungsmanie einiger, die ihren persönlichen, privaten und geschäftlichen Frust hier kompensierten. Wem es um die Gesundheit der Seele und des Leibes ging, wer den Pfarrer Kneipp im Sinn hatte und nicht irgendwelche blöden herabsetzenden Witze, der konnte diesen Ort der ausgezogenen Anzüglichkeiten nur fluchtartig verlassen. Auch politisch gesehen konnte man sich dort Meinungen anhören, die alles, was man sich in den schlimmsten Ängsten und Ahnungen ausmalen mochte, weit in den Schatten stellten. Das trieb einem den Schweiß aus den Poren. Wer in Deutschland oder Österreich in den sechziger Jahren in eine öffentliche Sauna ging, der konnte, der mußte an Flucht denken, aus der Sauna oder aus Deutschland oder aus Österreich ins Exil. Oder in die innere Emigration der Privatsauna. Die Leute waren nicht auszuhalten. Einmal hob einer zum Applaus nach dem Aufguß, der immer wie eine Theateraufführung beklatscht wurde — neben Bravorufen gab es auch Dacapo-Rufe —, die Hand, und als er stürmisch den Arm hob, sah man am inneren oberen Oberarm unter der Achselhöhle eine eintätowierte Nummer.

Einerseits also wollte ich die Währingerischen und uns selbst nicht selchen, rösten, braten oder grillen, andererseits und zweitens wollte ich nicht das Haus gefährden. Ein Funke springt schnell über, und da wir bei unserem Hausbau auch einiges Holz verwendet und verarbeitet haben, ist ein

Schadenfeuer schnell entstanden. Vor einem Jahr hatte ich im Garten ein großes Feuer angezündet, um verschiedene Rückstände vom Hausbau zu verbrennen. Damals war ich so ahnungslos und unvorsichtig, den Brandplatz in der Nähe meines großen, von alters her an dieser Stelle stehenden Nußbaumes zu wählen. Die Folge dieser Unachtsamkeit im Auswählen der Feuerstelle war, daß ich dem guten alten Nußbaum auf einer Seite die Blätter versengte. Die Blätter wurden dort dunkel und verdorrten vor der Zeit, vor dem Herbst nämlich. Ich hätte weinen können.
Ich hatte mein jetziges Feuer auch der Feuerwehr gemeldet, wie es die Gemeindeordnung vorsieht. Ich wollte nicht riskieren, daß die Feuerwehr aus Übereifer wegen meines kleinen Feuerchens ausrückte. Schließlich wäre es nicht das erste Mal gewesen, daß etwa ein angeheiterter Feuerwehrmann von einem Gasthausbesuch spätabends heimkehrt und ein kleines munteres Feuerchen aufgrund seiner durch Alkohol beeinträchtigten Apperzeption für eine Feuersbrunst hält, zum Zeughaus stürmt und den Alarm auslöst und auch noch andere Wehren alarmiert. Wer vom Feuer spricht und ein Feuer macht, der muß nämlich vor allem auf die Feuerwehr achten. Die Feuerwehren sind im Zusammenhang mit dem Feuer ein eigenes Kapitel, und wer von den Feuerwehren handelt, der muß bei aller Anerkennung für ihre Leistungen doch auch von vielen Überreaktionen und dem eigentümlichen Übereifer der so-

genannten »freiwilligen« Feuerwehr handeln. Seien wir also einerseits froh, daß wir sie haben, wenn uns die Fröhlichkeit wegen ihrer Existenz auch nicht daran hindern soll, ihre Bedenklichkeit aufzuzeigen, und eines dieser Probleme ist der Übereifer und die Lösch- und Einsatzlust vieler Männer der Feuerwehr. Die Einsatzbereitschaft drängt zum Einsatz, eine Einsatzbereitschaft ohne Einsätze aber führt bei vielen zur Frustration. Von Zeit zu Zeit muß ein Feuer oder ein Schaden her, die Feuerwehrmänner, vor allem die jüngeren, wollen sich beweisen, und sie wollen sich bewähren und ihre Einsatzfähigkeit unter Beweis stellen, alles drängt zur Tat. Diese Taten und Großtaten aber kann die Übung, diesen Tatendrang kann die Simulation im Manöver nicht stillen, der Eifer läßt sich nicht durch Annahmen und Vorgaben und durch »Markieren« beruhigen. Der Ernstfall muß her, es muß endlich ernst auf ernst gehen, sagen sich die jungen Männer, trainiert wurde genug, so wie sich auch die Militärs nach den Sandkasten- und Planspielen letztlich doch auch den Kriegsfall wünschen, um endlich die Probe aufs Exempel machen zu können und die Theorien, Strategien und Taktiken zu verifizieren, was soviel wie »wahrmachen«, »an der Realität messen«, »in vivo erproben« heißt — nach den Tierversuchen endlich die Erprobung am Menschen. Es muß einmal darauf ankommen, sagen sich die Feuerwehrmänner, Feuerwehrbälle hat es genug gegeben, getanzt wurde ausgiebig, auch

Feuerwehrsammlungen, Tombolas, Preiskegeln und Weinkosten wurden genug veranstaltet, was fehlt ist ein Feuer. Schließlich heißt es *Feuer*wehr. Und nicht selten hat dann auch schon ein freiwilliger Feuerwehrmann ein wenig nachgeholfen und sozusagen freiwillig ein Feuer gelegt und angezündet. Wer aufmerksam die Zeitung liest, wird immer wieder auf der Seite LOKALES Meldungen über von freiwilligen Feuerwehrmännern gelegte Feuer finden. Und nicht selten verraten sich diese Brandstifter unter den Feuerwehrmännern, diese Wölfe im Schafspelz, die Zündler in Uniform, gerade durch ihren Übereifer beim Löschen. Sie haben natürlich gegenüber anderen Feuerwehrmännern einen beträchtlichen Vorsprung und Vorteil, weil sie von vorneherein wissen, wo es brennt, wo es brennen wird, und diesen Informationsvorsprung nützen sie meist schamlos aus, beschämen die Kollegen durch die Pünktlichkeit ihres Zurstelleseins. Andere, etwa ältere Kameraden, räkeln sich noch in ihren Betten, da stekken sie schon längst in der Uniform. Nicht selten gehen diese schwarzen Schafe oder roten Hähne unter den Feuerwehrmännern bereits in Uniform ans Werk, nicht nur ans Löschen, sondern bereits ans Anzünden. Schon in Uniform, nicht in der Ausgehuniform, vielmehr in der Arbeitskluft, treten sie mit dem Zündholz an die Scheune des einschichtigen Anwesens, und wenn sie gezündet haben und es gezündet hat, treten sie einige Schritte in den nahe gelegenen Wald zurück, um dort zu warten, wie sich die Dinge entwickeln. Ungeduldig sitzen sie dann im Unterholz oder auch auf einem Hochstand und warten darauf, bis das Feuer endlich ein solches Ausmaß erreicht hat, daß es nicht länger unbemerkt bleiben kann. Sie tadeln bei sich die Säumigkeit der Kollegen, daß sie sich so lange Zeit lassen und daß sie nicht längst ausrücken. Sind sie aber ausgerückt und endlich am Brandplatz erschienen, dann treten sie, die Verursacher, unversehens aus ihrer Tarnung heraus und werden aktiv, sie vollbringen Großtaten der Nächstenliebe und Mitmenschlichkeit.

Und so, wie es sich in der kleinen Welt der kleinen Leute abspielt, so ist es im wesentlichen auch in der großen Welt der sogenannten großen Politik. Auch in der sogenannten großen Welt der großen Politik geht es nicht anders zu, bloß die Maßstäbe sind anders, alles ist größer oder monströser. Immer wieder hört man von Historikern, daß es den großen und überragenden Staatsmann nur in Krisenzeiten gibt, letztlich nur im Krieg. Nur im Kriegsfall kann ein sogenannter großer Staatsmann sich beweisen, im Konflikt kann er zeigen, was an Energien und was an Konfliktpotential und Aggressionskraft in ihm steckt, der Friede und die Friedenszeit ist die Zeit der kleineren Leute. Und es hat nicht nur einer von den »Großen«, den sogenannten Großen, einen Krieg angezettelt, um sich zu beweisen und seine Größe unter Beweis zu stellen. Auf starke und gewalttätige Redensarten, auf unmißverständliche Drohungen, martialische Drohgebärden folgte nicht erst einmal die Kriegserklärung. Jetzt sprachen die Kanonen. Und so, wie die kleinen Feuerwehrbrandstifter schon in Uniform im Unterholz stehen, um endlich löschen zu können, so hat auch der große Staatsmann für den Ernstfall schon vorgesorgt und aufgerüstet. Zweimal hat in diesem Jahrhundert die Welt bereits gebrannt, die kleineren Konflikte aber, die sogenannten begrenzten Auseinandersetzungen, kann man kaum noch zählen. Und einige von diesen sogenannten begrenzten Konflikten dauern schon Jahrzehnte und sind schon verdächtig weit an die Grenze zum Weltenbrand angeschwollen. Es fehlt oft nur noch, daß eine Supermacht der einen Partei im Konflikt *mächtig* hilft und »einspringt«, um dem Konflikt Weltkriegsformat zu verleihen, aus dem siebenjährigen Krieg einen dreißigjährigen und aus dem dreißigjährigen einen hundertjährigen zu machen. Eine »Weltfeuerwehr« aber gibt es nicht, wie ich dem Generalsekretär der Vereinten Nationen gern einmal, bei Gelegenheit einer Grillparty vielleicht, sagen möchte. Aber die wirklich hohen Herren bekommt man nicht vor den Gartengrill, die muß man sich im Fernsehen aus der Ferne ansehen, wenn man sich diesen Schwachsinn antut und nicht wie meine Frau und ich das altersschwache Gerät zum Sperrmüll wirft und durch kein neues ersetzt.

Der Friede scheint für den großen Staatsmann so langweilig zu sein wie für den kleinen freiwilligen

Feuerwehrmann das Leben auf dem Land. Es tut sich rein gar nichts, auch im Kopf spielen sich keine Abenteuer ab. »Aventiurenlos« verläuft das Leben, es gibt keine »Hauptstücke« und keine »eigenen Kapitel«. Von Höhepunkten oder Sternstunden keine Rede. Und gerade dann, wenn ein zutiefst gelangweilter, entsetzlich frustrierter Mensch auf dem Nachhauseweg vom Gasthaus im Rausch oder noch schlimmer im Kater das ganze Ausmaß seines Elends tief deprimiert zu spüren bekommt, dann liegt eine Brandstiftung oder eine vergleichbare Untat gar nicht so fern. Ich jedenfalls wundere mich oft, wenn ich der Sinnlosigkeit im Leben vieler verwahrloster und von den Eltern vernachlässigter, von der Konsumindustrie verführter, von einer ekelhaften Musik betäubter, um das Beste betrogener und überhaupt arbeitsloser Jugendlicher ansichtig werde, daß nicht mehr Schlimmes geschieht als passiert. Die Korruption und der Skandal der Verhältnisse sind größer als der Vandalismus.
Während ich also solchen und noch düstereren Gedanken über den Zustand der Welt und das Unglück der Kinder und Jugendlichen, das die Eltern sind — wenn ich mich als kinderloser Volksbibliothekar zugegebenermaßen auch leicht rede —, nachhing und nachging, ging die Zurüstung zum Grill natürlich wieder ein wenig stockend voran. Es gibt Gedanken, die sind so schwer, daß sie einen lähmen und fesseln. Man steht wie angewurzelt und starrt vor sich hin. Plötzlich trägt man wie ein Atlant die ganze Welt mit ihrem Elend auf den Schultern und kann

sich nicht vom Fleck rühren. So ähnlich muß mich meine Frau angetroffen haben, als sie zur 2. Intervention aus dem Haus trat und mich an die Uhr erinnerte. Die Währingers würden nicht mehr lange auf sich warten lassen, das Feuer aber sei noch nicht in Sicht, es ruhe wohl noch im Schoß der Götter. Der Name der Währingers aber, von denen Hera sagte, sie stünden ante portas, hat mich »ermuntert«, will sagen wach gemacht. Ich sagte zu Hera, daß ich den Währinger, der schließlich Lehrer sei oder sich jedenfalls Lehrer nenne, denn die meisten Lehrer seien gar keine Lehrer, sondern nennten sich bloß Lehrer, sie seien Lehrer allenfalls ihrer Berufsbezeichnung nach, ihrem Beamten- und Gehaltsstatus nach, würden von den Landesbesoldungsämtern in den Gehaltslisten als Lehrer geführt und bezahlt, seien aber längst keine Lehrer mehr im alten und vollen Wortsinn, was ja nicht bloß eine zeitweilige Beschäftigung im Unterricht oder im Stoffvortrag und im Referieren bedeute, sondern eine Einstellung und Weltanschauung, von der es keine(n) Dispens und keine Ferien und keine Vakanz gegeben habe, ich würde dem Währinger also vor Augen halten und ihn daran erinnern, daß das Lehren früher die ganze Existenz des Lehrers bestimmt habe, es habe ihm einen sogenannten *character indelebilis* verliehen, eine »unzerstörbare Eigenschaft«, ähnlich wie die Priesterweihe dem Priester. »Du bist Priester auf ewig, nach der Ordnung des Melchisedek.« Du bist Lehrer auf ewig, nicht nur in der Schule …

Ich würde also den Währinger, sagte ich zu meiner Frau, diesen sogenannten Lehrer fragen, wie es komme, daß wir eine solche Jugend hätten, wie wir sie haben. Die Lehrer, würde ich dem Währinger sagen, hätten sich früher das ganze Jahr über für die Jugend verantwortlich gefühlt, heute fühlten sie sich nur noch während des Unterrichts und auch da nur für die sogenannte Wissensvermittlung verantwortlich und zuständig. »Erzieher« aber seien sie auch dann nicht. Und früher habe ein Lehrer, der etwa einen Zwölfjährigen in aller Öffentlichkeit rauchen, nämlich Zigaretten rauchen gesehen habe, den Dreikäsehoch zurechtgewiesen, ihm die Zigarette genommen, sich nach seinen Eltern erkundigt, um sie zu informieren, und auch die Schulbehörde verständigt. Ich sagte schon früher einmal zu meiner Frau, daß ich dem Währinger endlich einmal die »Lausbubengeschichten« von Ludwig Thoma mitgeben müsse. Und daß ich ihm das Kapitel »In der Bahn« rot ankreuzen werde, wo von Lausbuben die Rede ist, die in der Bahn auf dem Weg »in die Vakanz« Zigarren rauchen, worauf sie von einem idealistisch und erzieherisch eingestellten Erwachsenen zurechtgewiesen werden. Natürlich sei die Lektüre dieses Kapitels für einen Pädagogen oder einen pädagogisch gesinnten Menschen nicht sehr ermutigend und erbaulich, weil der erwachsene Intervenient in jenem bayrischen Zug, der die Schüler auf das Ungehörige ihrer Raucherei aufmerksam macht und das Abstellen dieses Unfugs verlangt, dort

nicht gut weg kommt, ja von den Kindern bös verspottet, verhöhnt und lächerlich gemacht wird. Die Buben sprechen zueinander über ihn, als könnte er es nicht hören, obwohl sie natürlich wissen, daß er es hört und hören muß, und sie reden schrecklich, keck, frech und impertinent. So sei es vor allem der Heroismus dieses insultierten, nicht bloß inkommodierten Erwachsenen, der nicht schweigt, weil Schweigen Zustimmung bedeutet, der einem zu denken geben müsse und der einen erbauen und als Beispiel dienen könne, während einen der totale Mißerfolg der Intervention nicht entmutigen und von der Nachahmung abhalten dürfe.
Wenn heute ein Lehrer einen Schüler auf der Straße rauchen sieht, so hat er nicht nur *einen* Grund für seine Gleichgültigkeit. Nicht nur in den Ferien geht ihn das überhaupt nichts an. Würde er vielleicht einmal während der Schulzeit den nichtausgewachsenen starken Raucher auf das Gesundheitsschädliche oder auf die Kosten dieses Lasters hinweisen, so könnte er natürlich leicht zu hören bekommen, es seien seine, des Schülers, eigene Zigaretten, die er rauche, und es sei seine eigene Lunge, die er schädige. Und weil die Lehrer die Antwort mit der Lunge längst kennen, darum schlagen sie die Augen nieder, wenn sie ein paffendes Kind sehen, und riskieren lieber einmal keine Lippe. Die Schulbehörde aber hat Raucherzimmer genehmigt und eingerichtet! Raucherzimmer in den Schulen! Wenn das Leben so be-

ginnt, wie soll es da enden? Wenn es bereits aus den Kinderwägen herausraucht, wenn dies am grünen Holz geschieht, was wird dann am dürren geschehen ... Da hat man denn doch den Bock zum Unterrichtsminister gemacht. Ich machte mir seinerzeit die Mühe, die Begründung des Ministeriums für diese Institution zu lesen — eine schreckliche Lektüre.

Vor langer Zeit hatte ich als der Ankaufsbeauftragte unseres »Institutes« einmal ein Buch mit dem Titel: »Schaden spenden« in der Hand. Im Vorwort las ich, daß der Herausgeber verschiedene Autoren eingeladen hatte, sich einmal die diabolische Frage zu stellen, wie sie es anstellen würden, die verhaßten Mitmenschen in dieses oder jenes Unglück zu bringen. Wie etwa kann man Jugendlichen dieses oder jenes Laster, Jähzorn oder Rauschgift, Lügen oder Schnaps schmackhaft machen und »anerziehen«? Der Titel und das Programm des Buches, das Auf-den-Kopf-Stellen der Ordnung, die totale »moralische Inversion«, die es bedeutet, positiv über Negatives zu schreiben, vom Schadenanrichten so zu handeln, als handle es sich um etwas Gutes und Segensreiches, Anleitungen zu Untaten zu formulieren und dies in völlig neutralem, ja werbendem Ton, das war schon etwas! Es gibt ja genug falsches Pathos in der Literatur, jede Menge künstlicher politischer Aufregung unter den Schriftstellern, moralischen Abscheu vor dem oder jenem wirklichen oder vermeintlichen Schurken, die Leute steigern sich in etwas hinein und kommen sich dann weiß Gott wie gerecht vor, die Selbstgerechtigkeit der Schriftsteller ist grenzenlos, auch die Besserwisserei. (Sie sind etwa gegen Faschisten und landen unweigerlich bei der faschistischen Menschenverachtung.) In dieser Atmosphäre der hektischen moralischen Betriebsamkeit, des Aufrufe- und Appelleunterschreibens, das einige nicht mehr zur eigentlichen Literatur kommen läßt, in diesem Treibhausklima der künstlichen, bloß behaupteten, aber leeren und schalen Tugendhaftigkeit, in all diesen Kampagnen und Kreuzzügen, den Feldzügen und dem Zufeldeziehen tut es sicher gut, wenn sich einmal jemand ehrlich selbst erforscht und einbekennt, daß der Drang, Schaden zu spenden, Unheil anzurichten, gerade so groß und stark in ihm ist wie jener des Schadenverhinderns und -abwendens. Der Brandstifter ist in uns genauso groß wie der freiwillige Feuerwehrmann. Und die Medien gehen dementsprechend bei ihrer Berichterstattung über Eisenbahnunglücke, einen Waldbrand in Spanien, über Flugzeugentführungen und anderen Terror weit über das Informationsbedürfnis hinaus. Befriedigt wird nicht bloß das Informationsbedürfnis, sondern die alte Neugier, die eine häßliche Gier ist. Der Mensch genießt die Meldung, insofern er die Neugier befriedigt und sich in seinem Mitleid genießt. Er befriedigt letztlich seine Schadenfreude, wie entrüstet er ein so niedriges Motiv auch von sich weisen und in Abrede stellen würde. Wissen brauchte

er das meiste nicht, was ihm da an Horror und Terror täglich zum Nachtmahl serviert wird. Denn gut und besser macht ihn das Schlechte und Böse nicht.
Nachdem ich also jene Aufsatzsammlung gelesen hatte und nicht ganz zufrieden war, setzte ich mich hin und verfaßte einen Beitrag, nur so und für mich zum Thema »Was du mit einem alten Kaugummi alles anstellen kannst«. Ein Beitrag zur Wiederverwertung ausgedienter Chewings. Lieber junger Freund, lieber Freund auch des Kaugummis, den du von Kindheit an schätzt, wie alle Kinder geliebt hast und von dem dir deine Oma und deine Eltern im Laufe der Jahre sicher einige hundert Kilo gekauft haben, den du vernascht hast, solange er süß war, und gekaut, auch wenn er bereits geschmacklos geworden war. Sicher hast du die Kaugummis dann in den Mülleimer geworfen. Du hast dir nicht überlegt, daß dies nur *eine* Möglichkeit ist, nennen wir sie die der Entsorgung, daß es aber auch andere Möglichkeiten der Verwendung gibt. Ich will dich hier nur auf einige hinweisen. Wenn du die wenigen Vorschläge der Wiederverwendung deiner ausgedienten Kaugummis gehört hast, wirst du leicht von dir aus auf andere weitere, vielleicht noch bessere kommen. Wirf den alten Kaugummi also nicht weg, sondern verklebe damit etwa die Klingeln an einem größeren Wohnbau. Du setzt damit ein ganzes Dutzend Glocken in Bewegung. Glocken aber sind ein Symbol des Friedens. Die Leute hö-

ren sie gern, sie läuten den Frieden ein. Oder zwänge deinen Kaugummi in den Münzenschlitz eines Telefonautomaten. Du erreichst auf diese Weise ein Zweifaches: Erstens leistest du so einen Beitrag zum Konsumverzicht deiner Mitmenschen, die viel zuviel Geld ausgeben. Neben dieser Sparmaßnahme schiebst du mit deinem Kaugummi im Münzfernsprecher aber auch der Schwatz- und Tratschsucht der Menschen einen Riegel vor. Eine Telefonzelle ist ein Séparée für die Unzucht mit der Göttin Fama, einer ganz ausgeschamten Person. Die Leute telefonieren zuviel, sie lügen sich über das Telefon an, sie machen Dritte schlecht. Bringst du sie auf diese einfache Art mit dem amerikanischen Gummi zum Schweigen, so befreist du sie nicht nur von einem Laster, der Redesucht und »Telefonitis«, sondern auch von boshafter Schwatzhaftigkeit. Du bringst sie so zum Silentium und zu meditativer Besinnung ...

In diesem Ton schrieb ich fort, um dann zu schließen: Sollte dich bei deinen Vorkehrungen mit den ausgedienten Kaugummis einmal ein unverständiger Erwachsener sehen und zur Rede stellen, so lasse dich nur ja auf keinen Disput ein, die alten Menschen sind verkalkt und nicht mehr lernfähig, sie sind stur und verstockt. Statt dich auf ein Gespräch einzulassen, stellst du dich am besten vor den alten Menschen hin, läßt deinen Kinnladen demonstrativ fliegen und bläst dann mit deinem Kaugummi die größte Blase, die du nur zustandebringst. Platzt dieser Ballon zuletzt, so ist dies der Antwort genug für

den alten Raunzer, und er weiß jetzt, woran er bei dir ist. So ein plötzlich platzender und schrumpfender Blubber ist wie eine Sprechblase und spricht eine deutliche Sprache: Wow!
An diese Anthologie »Schaden spenden« hat mich die Einrichtung von Raucherzimmern in den Schulen erinnert. Das Ministerium wollte den Teufel durch Beelzebub austreiben. Das Raucherzimmer ist die »pragmatische« Antwort auf das nicht abzustellende Übel des Rauchens, es ist die Legalisierung des Lasters, das sich sonst am Klosett abgespielt hat. Unter den Augen der Schulaufsicht, dachte man, sei es leichter zu kontrollieren. Mehr als zusehen kann die Gangaufsicht nun aber auch nicht, der diensthabende Lehrer kann von Zeit zu Zeit in die Rauchhöhle hineinsehen und bekommt im Anschluß daran Erstickungsanfälle, nur schemenhaft sieht der die kleinen paffenden Gestalten, umwölkt und umwallt von Nebeln. Ist er Musiker, so darf er sich an Wagner erinnern: Wer meines Speeres Spitze fürchtet, durchschreite die lodernde Waberlohe nicht! Ist der Gangaufseher Religiosus und Theologe, so darf er sich an die Rauch- und Brandopfer des Alten Bundes erinnern, auch an Kain, der Abel erschlägt, weil der andere ein besseres Feuer und einen schöneren Rauch zustandebringt. Auch unter den Rauchern gibt es immer wieder Wettstreit um den schönsten Rauchring, den einer in die Luft blasen kann. Ist der Diensthabende ein Germanist, dann soll er sich bitte daran erinnern, daß das Wort *Rauchloch* bis in die frühe Neuzeit eine verhüllende Umschreibung für

den Abtritt gewesen ist. Und wenn er es nicht weiß, weil er sich im Studium und auch im Selbststudium nicht damit beschäftigt hat, dann würde ich ihm gern sagen, daß *Rauchloch* in den Polemiken der Reformation, vor allem auch in den Schriften Martin Luthers, eine große Rolle spielt: »Welche evangelia sie jitzt zu Augsburg, im rauchloch oder haimlichen gemach, gefunden, das ist aus jrem falschen lügenhaften herzen ertichtet und erlogen haben.« *Rauchloch*, schreibt das Grimmsche Wörterbuch, komme vor, »wie man sieht, in redensarten, die eine gröbliche abweisung besagen«. In den Fastnachtsspielen des Hans Sachs aber bedeutet das *Rauchloch* auch den After: »Ja, tu mirs in das rauchloch stecken«, sagt bei Sachs eine »böse frau abweisend zu ihrem mann«, und sie sagt damit ungefähr oder sogar genau dasselbe, was der wackere Ritter Gottfried von Berlichingen zum Burghauptmann von Krautheim sagt. Auf unsere heutigen Verhältnisse hin mit dem Wortschatz des 16. Jahrhunderts gesprochen, ließe sich also sagen, der Herr am Minoritenplatz, der Unterrichtsminister, habe den Schuldirektoren die Einrichtung von »Rauchlöchern« in den Schulen befohlen, um die Rauchlöcher von Rauch freizubekommen. Um das »unwürdige« Rauchen am »heimlichen Ort«, wie das Rauchloch auch genannt wurde, abzustellen und das Feuer an diesem dem Wasser gewidmeten Ort entsprechend der Auflösung des Kürzels WC als *water closet* auszulöschen, wurde die

»Rauchküche« eingerichtet. Die Rauchküche ist an den Schulen gewissermaßen ein »erziehungsfreier« und überhaupt ein »freier« Raum, eine Enklave der Autoritätsfreiheit, eine Oase inmitten der Repression. Hier drinnen sind die Regeln, Normen und Gesetze der Gesellschaft suspendiert, Restriktionen, Zwänge und Gewalt aufgehoben. Herrschaftsfrei und unbeaufsichtigt kann sich hier der Schüler gehen lassen, seiner Neigung und Lust frönen. Hier ist er Mensch, hier darf er's sein, Herr Deutschlehrer. Und sie fühlen sich wohl wie tausend Säue, Herr Germanist. Und wenn sich der Herr Lehrer dort mahnend zu Wort meldete, könnte es leicht sein, daß ihm mit der Frau aus dem Fastnachtsspiel von Hans Sachs oder auch mit Johann Wolfgang von Goethe, Götz von Berlichingen, geantwortet wird. Denn ein Höherer hält die Hand über die rauchenden Buben und Mädchen, sie rauchen unter dem Ehrenschutz und der Patronanz des Ministers, der Minister selbst hat ihnen Feuer gegeben, und kein Magister kann es wieder auslöschen und abtöten, in Wien selbst wurde Feuer frei gegeben und die Fackel der Fortschrittlichkeit entzündet. Jetzt braucht nicht mehr am »heimlichen Ort« gepafft zu werden, es darf öffentlich, wenn auch in einem gewissen Reservat, geraucht werden. Und viele der Jugendlichen rauchen im Rauchloch des Ministeriums so stark, daß sie anschließend während der Unterrichtsstunden und namentlich während der Schularbeiten schwach und blaß und bleich werden und, nachdem sie den öffentlichen Ort des Rauchlochs zu intensiv benützt haben, nun den heimlichen Ort des Rauchlochs aufsuchen müssen. Dort aber fehlt nur ein sogenanntes »Kotzbecken«, wie es das auf dem heimlichen Ort vieler Studentenverbindungen gab, in denen viel geraucht und getrunken und auch gegessen und auch »titilliert« oder »vomitiert« wurde. Es ist eine Posse, ein Fastnachtsspiel, was da gespielt wird, ein Schultheater, das Schultheater der Schulbehörde.

Ich nahm mir, während ich die Vorbereitungen für die Grillparty weiter vorantrieb, auch vor, meinen sicher schon auf der Anfahrt befindlichen Gast, den Lehrer Währinger, zu fragen, wie sich denn nach seiner Kenntnis des entsprechenden Erlasses des Ministeriums über die Errichtung von Raucherzimmern die Obrigkeit die Kontrolle dieser exterritorialen und herrschaftsfreien Räume vorstelle, die immerhin verlangt und angeordnet werde. Was soll die Gangaufsicht und der diensthabende Lehrer dort noch kontrollieren? Ja was tut eigentlich die Sitte im Bordell, das ist die Frage. Schaut der Lehrer nach, ob alle Zigaretten und Zigarillos und Zigarren und Pfeifen schön brennen, gibt er den Kindern Feuer? Dort, wo kein Gesetz gilt, braucht doch eigentlich auch nicht beaufsichtigt zu werden, wo nichts ist, hat der Kaiser sein Recht verloren. Wo die Disziplinlosigkeit im Sinne der Herrschaftsfreiheit zur Disziplin und zum Gesetz geworden und erklärt worden ist, dort erübrigen sich die Supervisors. Ich als Nichtraucher würde auch die Begehung und Beaufsichtigung der Raucherzimmer an den Schulen ablehnen. Lieber Herr Minister, würde ich schreiben, ich bin als Nichtraucher außerstande, das von Ihnen eingerichtete Raucherzimmer zu beaufsichtigen. Schauen Sie selbst nach! Ich bin kein Aktivraucher und möchte auch kein Passivraucher werden. Sorgen Sie dafür, daß nur der rauchende Teil des Lehrkörpers für die Beaufsichtigung der Raucherzimmer herangezogen wird. Ich habe nicht vor, ein Rauchopfer zu bringen oder zu werden. Hurra, die Schule raucht. Mit freundlichen Grüßen Ihr. Und so fort. Der Jugendliche, dem man das Rauchen erlaubt, wird sich natürlich bald auch andere Freiheiten nehmen. Und dort, wo das Nikotin ist, ist auch der Schnaps nicht weit. So habe ich von einem Bekannten erfahren, daß mancherorts und mancherschule auch bereits ein Kühlschrank in den Raucherzimmern steht. Der Brand macht durstig, das liegt nahe, es ist luce clarius, Herr Latinist, daß die Buben und Mädchen auch Durst bekommen. Und der Deutschlehrer mag sich daran erinnern, wenn er Sprachgeschichte studiert hat und nicht zu jener neuen Generation von Deutschlehrern gehört, die nur noch Ideologiekritik und Literatursoziologie studiert haben, daß es noch im 18. Jahrhundert geheißen hat »Tabak *trinken*« und nicht »Tabak *rauchen*«. Das Wort trinken hat nicht nur bedeutet »Flüssigkeiten aufnehmen«, sondern auch »in-

halieren«, »Rauch einsaugen«. Auch »Tabak *saufen*« ist mehrfach aus der beginnenden Neuzeit belegt. Damals *soff* einer Tabak und Schnaps. Und kennten die Schüler nicht nur ein paar ausgeflippte Popsänger, sondern den großartigen Barockdichter Johann Christian Günther und seine Gedichte, so könnten sie den lästigen Lehrern ins Stammbuch oder ins Klassenbuch schreiben: »Junge! Schneide Knaster!/Dieses Lebens Pflaster/Ist ein Polychrest:/Dem, der uns nicht rauchen läßt,/soll anstatt der Nerv und Flachsen/ein Tobacks-Strunk wachsen«: Aber nachdem der Deutschlehrer den Schülern den Johann Christian Günther nicht nahe- und beigebracht hat, braucht er auch nicht zu fürchten, daß sie ihm damit kommen ... Wer A sagt, muß auch B sagen, wer Tabak trinken läßt, muß auch Likör und Schnaps trinken lassen, wer den Brand gestattet, muß auch den Brandy gestatten. Da fehlt von der alten Genußtrias nur noch das erotische Element. Für Musik ist durch einen Plattenspieler gesorgt ...
Neuerdings hört man aus dem Ministerium den Ruf »Feuer aus«; das heißt, die Behörde möchte ihren Beschluß von damals gerne revidieren. Aber das wird schwer halten. Das Rauchendürfen ist für die Kinder inzwischen ein legistischer »Besitzstand«. Und Besitzstände dürfen bekanntlich nicht »geschmälert« werden. Der Schaden des Rauchens ist aber inzwischen medizinisch erwiesen. Und das Statistische und Medizinische ist wohl das einzige Argument, das die Menschen,

also wir, heute gelten lassen. Ich sage zwischendurch einmal *wir*, um zu erkennen zu geben, daß ich nicht so selbstgerecht bin, wie es vielleicht scheint. Ich werde, dachte ich während meiner Grillvorbereitungen, durchaus auch dem Lehrer Währinger gegenüber *wir* sagen, das ist gruppendynamisch günstig, es erzeugt Gemeinschaft und schließt nicht aus. Meine Frau macht mir ja immer und vielleicht nicht ganz zu Unrecht den Vorwurf, daß ich durch meine Selbstgerechtigkeit und konservative Besserwisserei alle Nachbarn und möglichen Freunde verschreckte. Ich machte nicht nur mich, sondern »die ganze Familie« durch meine Rechthaberei einsam und unglücklich. Sie hätte so gern ein wenig mehr Kontakt und Umgang mit anderen Familien. Ich faßte also ernsthaft damals den guten Vorsatz, den Währingers gegenüber moderat zu sein, nicht den Standpunkt des selbstgerechten Besserwissers einzunehmen, und vor allem dort, wo ich Unarten und den Ungeist des Zeitgeists anprangerte, was ich wohl nicht mehr unterlassen würde können, im *wir* zu sprechen, mich also auch selbst einzuschließen und einzubekennen, daß ich auch im gleichen Boot sitze und geradeso wie meine Umgebung betroffen bin. Aber gerade diese Betroffenheit und dieses Belangtsein, etwa von den schulbehördlichen Obrigkeiten, würde mir, dachte ich während meiner Zurüstungen für das Grillen, das Recht und die Legitimation geben, heftig, eben betroffen, »existentiell« zu sprechen, um so stichhaltiger und authentischer den idealistischen Standpunkt einzunehmen. Der Idealist ist schließlich, würde ich sagen, kein idealer Mensch, der bereits völlig konform mit dem ausformulierten Ideal lebt, er, der eine solche ideale Norm gelten läßt oder fordert, empfindet ja gerade im Gegenteil ein großes Ungenügen angesichts seines Versagens. Der Priester ist notwendigerweise auch kein Heiliger, das darf ihn aber nicht hindern, von der Heiligkeit zu predigen und auch das Beispiel von Heiligen zu zitieren. Der Idealist spricht vom Ziel, er weiß aber, daß er bloß unterwegs ist und dieses Ziel nicht und niemals erreichen wird. Ich würde also, hatte ich mir zurechtgelegt, während ich Holzkohlen aufschüttete, zu den Währingers sagen, daß wir, also die Menschen, heute nur noch durch Zwänge und Nöte erzogen würden. Die Sexualerziehung, vor der sich die Schulen entweder drückten oder die einige wenige im falsch verstandenen Sinn der »Animation« betrieben, hätten die Epidemien und Geschlechtskrankheiten übernommen, die alte Askese hätten die Warnungen vor dem Übergewicht, die medizinischen Warnungen vor der Schädlichkeit der Völlerei, der Gefährlichkeit des hohen Cholesterinspiegels übernommen, und die Rauchererziehung sei auch ganz in den Händen der Medizin und der Todesfallstatistiken aufgrund von Nikotinabusus. Schaden spenden ... Was sein soll, ergibt sich nicht aufgrund der Sittlichkeit, die Sitte stellt sich nicht durch die Sittlichkeit, etwa eine christliche Moral,

her, sondern als Resultante des Mißbrauchs, als Fazit des Abusus. Die Leberzirrhose zügelt die Trinkerei, der Kater bändigt den Affen, die Seuche die Perversion. Und so sei eben auch das Ministerium nicht aufgrund von Einsicht zur Einsicht gelangt, sondern aufgrund von Vorhaltungen der Schulärzte. Ich würde denn auch dem Minister schreiben, daß die Gangaufsicht und die Beaufsichtigung der Raucherzimmer von Schulärzten übernommen werden sollten. Diese Schulärzte sollten sich nicht nur symptommedizinisch die gelben Zähne der Schüler anschauen, sondern vor allem die Raucherzimmer »desinfizieren«. Vor kurzem sprach ein hoher Geistlicher vom »Rauch Satans«, der in die Kirche des Landes gedrungen sei. Ganz unrecht hat er nicht gehabt, wie man an einigen wütenden Reaktionen im Anschluß an dieses deutliche Wort ersehen konnte. Es war, als brüllte der Teufel selbst, weil ihm auf den Schwanz getreten wurde.
Wieder und zum dritten Mal trat Hera die Gute aus dem Haus, um bei mir »nachzusehen«. Als sie meine Arbeit nicht entsprechend gediehen fand, wie sie meinte, machte sie wieder einige unfreundliche Bemerkungen über meinen Beitrag zum »Fest«. Da belehrte ich sie auf dem Hintergrund meiner Erfahrungen bei deutschen Grillern während meiner Wanderjahre im »Reich«, daß es bei einer Grillparty nicht darauf ankomme, daß die Gäste einfach bloß bedient würden wie in einem Restaurant, daß ihnen also Speisen vorgesetzt würden und sie sich daran

gütlich täten und, wenn es ihnen nicht oder weniger schmecke, sich womöglich beim Service beschwerten, dieses Dienstleistungsschema, erklärte ich meiner Frau, dürfe man hier nicht anlegen, Bestellung-Bedienung-Bezahlung, das sei nicht die Struktur dieses gruppendynamischen Prozesses »Grillparty«. Hier sei alles auf Lust und Laune gestellt, auf Freiwilligkeit und Unentgeltlichkeit. So gebe es hier auch keine Ansprüche, niemand habe ein Recht auf Pünktlichkeit, dann und dann müsse das Essen auf dem Tisch sein. Hier dürfe und müsse sich alles gelassen entwickeln. Hier werde nicht vor-, sondern nachgekocht. Das also sei das diametrale Gegenteil eines *Schnellimbisses,* wo alles vorbereitet und dann bloß aufgekocht und über die ganze Essenszeit in großen Töpfen warm gehalten werde. Und außer dem Gulasch, dem das Wiederaufwärmen nicht nur nicht schadet, sondern gut tut, weil es dadurch sogar geschmacklich noch verbessert werden kann, bekommt dies den meisten anderen Speisen gar nicht. Dadurch würden die Vitamine im Rindfleisch vernichtet, sagte ich. Die nichtvorhandenen, sagte meine Frau. Sie hatte also achtgegeben.

Ich arbeitete aber noch einen anderen zentralen Punkt in der Grillphilosophie der Deutschen heraus. Es gehe also darum, daß nichts verwischt werde, keine Spuren beseitigt, nichts versteckt und kaschiert werde. Die Küche befindet sich sozusagen im Speiseraum, und beides befindet sich im Freien. In der regulären Gastronomie ist die

Küche meist hermetisch für die Gäste verschlossen. *Nichtbeschäftigten ist der Zutritt streng verboten,* steht in großer Schrift auf der Küchentür. STRENG VERBOTEN oder auch STRENGSTENS VERBOTEN, auch STRENGSTENS habe ich schon gelesen. Und die Wirte werden wissen, warum sie dieses Verbot aussprechen und aufhängen! Lese ich STRENG VERBOTEN, dann kann ich mir bereits vorstellen, wie es dort drinnen aussieht. Doch wie es da drinnen ausschaut, geht keinen was an. Diese Trennung von *Produktion* und *Rezeption* hat ihren Grund letztlich in der arbeitsteiligen Gesellschaft, die Produzenten wollen unbehelligt produzieren, die Köche also kochen, und die Rezipienten sollen weiter nichts als essen. Jeder soll für sich allein sein. Nur auf Messen kann man manchmal einen Blick hinter die Kulissen tun, wenn Musterküchen oder auch Schau- und Musterbäckereien aufgebaut werden und man die Produktionsstätten des Brotes oder der Wienerschnitzel betreten oder doch durch eine Glasscheibe bestaunen kann. Ich unterhielt mich einmal mit einem »Schaubäcker« auf einer Messe und fragte ihn, ob er diesen Dienst in der Öffentlichkeit gern tue und schätze. Nur wegen der Erschwerniszulage, sagte er. Er sagte »Erschwerniszulage«! Und als ich ihn fragte, worin denn die Erschwernis liege und ob es denn einen Unterschied zwischen der Arbeit hier und im normalen Betrieb gebe, sagte er, da sei ein himmelweiter Unterschied. Die Arbeit hier auf der Messe falle seiner Ansicht nach mehr unter Schauspielerei, das sei ein Theater, hier werde nicht gebacken, sondern das Backen *gespielt.* Es beginne bereits bei der Kleidung, die Berufskleidung sei hier auf der Messe halbtäglich zu wechseln, sonst trage man die Arbeitskleidung schon zwei bis drei Tage und einige Kollegen auch eine ganze Woche. So komme er sich in diesem gläsernen Bäckereibetrieb auf der Messe mehr wie ein Arzt oder ein Lehrer mit weißem Mantel denn als Bäcker vor. Die weiße Mütze sei auch eher ein Requisit aus dem Fundus des Theaters. Selbst kahle Bäcker, denen sicher kein Haar mehr »auskomme«, das in den Teig geraten könnte, müßten hier den weißen Stoffzylinder tragen. Das sei ein Teil der Uniform. Er halte dies alles weniger für eine Demonstration des Backens, als vielmehr für eine Vorführung des Arbeitsinspektorates, der Gewerkschaft und der Lebensmittelpolizei. Man müsse aber wissen, daß dies nicht die alltägliche Realität sei, kein Bäckermeister komme zu Rande, wenn seine Leute so hantieren und agieren würden, wie sie hier agieren und hantieren müssen. Wie überall in der Wirtschaft läge der Gewinn nicht im Largieren, eher im Laschieren, was die Vorschriften betreffe, die Spannen seien so knapp, daß überall gespart werden müsse, auch bei der Sicherheit und bei der übertriebenen Hygiene. Es sei nicht anders wie etwa bei den Fuhrunternehmern. Die Fuhrunternehmer müssen die Lastautos überladen, und sie müssen schneller fahren, als erlaubt ist, dann können sie Profit machen, sonst bauen sie nicht nur Defizit, sondern auch Konkurs. Der langsame Brave ist bei den Fuhrwerkern schnell der Dumme. Das sei schon früher so gewesen, sagte mein Bäcker, es habe unter den Pferdeknechten meistens auch keine besonderen Tierfreunde gegeben, der Knecht habe das Pferd antreiben müssen, weil der Bauer den Knecht angetrieben habe, so sei beim Menschenschutz und beim Tierschutz ein wenig »gespart« worden … Damals lernte ich die Schaustellungen anders und realistisch sehen, der Bäcker desillusionierte mich, nahm mir übertriebene Vorstellungen und öffnete mir die Augen.

Der Bäcker erzählte mir auch, daß die »Schaubäkker« in einer Vorbesprechung ermahnt und verhalten würden, möglichst wenig zu sprechen, wenn aber, dann in der Fachsprache, die sie in der Berufsschule gelernt haben, und nicht in ihrer privaten »Haussprache«. Es dürfe sich keiner vor den Leuten verplappern, jeder solle sich, wenn er gefragt werde, nach dem oder jenem, dreimal überlegen, was er sage. Er solle auch nicht sagen: Wir sagen dazu so oder so, wir Bäcker nennen dies so und so, wenn ihm der Fachschulausdruck nicht einfalle, solle er gar nichts sagen. Besser sei es, die Leute hielten ihn für stumm, als daß sie die zum Teil nicht ganz appetitlichen »Fachausdrükke« der Insider zu hören bekämen. Wenn sie unter sich seien, sagte der Vorarbeiter und »Polier«, wie man den *Parlier,* den Sprecher, am Bau nennt, dann könnten sie jenen kleinen Borstwisch, mit dem einige Gebäcke mit Eiklar bestrichen werden, seinetwegen auch »Klobürste« nennen, wie sie es tun, aber in der Exhibition habe dieses Wort nichts verloren, er wünsche keinen der häßlichen, nicht selten fäkalischen Ausdrücke am Messestand zu hören. Die Ofenschüssel heiße also hier und jetzt *Ofenschüssel* und nicht *Abortdeckel.* So seien sie regelrecht umerzogen worden, die Sprachregelung habe sie aber ganz kopflos gemacht. Es sei unendlich schwer, sich von seinen Wörtern zu trennen, jene Ausdrücke also zu vermeiden, die man sich angewöhnt habe, weil man sie auch bei den anderen immer wieder hört. Sind die privatsprachlichen Wörter einmal »eingeschliffen«, gehen sie nicht mehr heraus, und werden einem diese Ausdrücke untersagt, wird einem dieses Sagen »untersagt«, so wird man dadurch sprachlos und mundtot gemacht. Würde man die hochsprachlichen Wörter der Schule verwenden, käme man sich selbst ganz komisch und fremd vor, das erzeugt den gleichen Krampf, wie wenn die Spieler des Bauerntheaters plötzlich hochdeutsch reden müssen. Das jedenfalls sei die größte Erschwernis bei diesem Dienst, sagte mir der Bäcker, und sie rechtfertige die Erschwerniszulage mehr als genug. Nicht reden können, weil man nicht reden könne, wie einem der Schnabel gewachsen sei, das sei das Erschwerendste an diesem Dienst, alles andere sei vergleichsweise harmlos. Es gehe in den normalen Bäckereien, von

Ausnahmen vielleicht abgesehen, die er aber nicht kennengelernt habe, durchaus »nicht unhygienisch« zu, und würde sich einmal jemand eine derartige Ekelhaftigkeit leisten, wie sie in Schauermärchen manchmal kolportiert oder in Witzen transportiert würde, so wäre das Ferkel auf der Stelle seine Arbeit, so wäre der Bäcker stehenden Fußes seinen Broterwerb los, aber ein Mensch bleibe ein Mensch, und dem Menschen rinnt manchmal die Nase, und dann muß er sich schneuzen. In der Vorbesprechung des Schaueinsatzes auf der Messe aber wurden die Bäcker angehalten, zum Schneuzen auf das Klo zu gehen, das fand mein Gewährsmann übertrieben. Das Hygienische, Desinfizierte und Antiseptische sei eine zusätzliche Erschwernis, wenn auch nicht die größte. Der Teig müsse *gehen,* wie die Bäcker das Garen, das »Aufgehen« nennen, der Bäcker aber dürfe sich *nicht gehen lassen.* Und wenn der Teig einmal nicht geht, was gerade in der Schaubäckerei bei den Messen immer wieder vorkommt, weil ständig irgendwelche Türen aufgehen, was der Teig, der gerne Ruhe hat und auf Windstille angewiesen ist, ein kleiner Luftzug kann ihn bereits zum »Einsturz« bringen, recht übel nimmt, dann darf der Bäcker diesmal auch nicht die bei den Bäckern üblichen Flüche ausstoßen und den Teig beschimpfen, als sei er kein Teig, sondern bereits Brot gewesen und gegessen und verdaut, was in den metaphorischen Flüchen und Verwünschungen offenbar eine Rolle spielt. Der Ausdruck

»Talk« sei das Äußerste, eben noch Angebrachte für einen solchen pickenbleibenden Teig, denn das sei schließlich der alte Fachausdruck für jene Brötchen oder eigentlich Küchlein, die ohne Germ oder Hefe, also ohne Treib- und Garmittel, hergestellt wurden, ungesäuert und ungewürzt. Heb dich, Schöberl, sonst wirst du ein Talk, sagte man früher zu einem langsamen Menschen, einem »Lahmarschigen«. Für den gehunlustigen Teig in der Schaubäckerei sei »lahmarschig« aber bereits eine Beleidigung, nicht für den Teig an sich, der die Flüche und Verwünschungen natürlich absolut reglos und ungerührt anhöre, aber für die feinen Ohren der Messebesucher, die durch dieses Wort bereits beleidigt werden könnten.
Ich sagte zu meiner Frau bei ihrer 3. Intervention, daß ich durchaus verstünde, warum offensichtlich gerade Arbeiter in Lebensmittelbetrieben, Bäcker und Köche, ein solches Bedürfnis nach unverhüllter Ausdrucksweise hätten, es handle sich hier um eine Entlastung, sagte ich. Daß einer der Versuchung nicht widerstehen könne, in das Brät zu spucken. Es sei nicht anders als mit dem niedrigen Klerus, der die dauernde Strenge und Austerität des Heiligen und Numinosen, des Tabus und des Sakrosankten schwerlastend empfindet, und dem man darum, wie zu lesen ist, im mittelalterlichen Karneval einige Freiheiten im Umgang mit dem Heiligen erlaubt und gestattet hat. Von unflätigen Liedern ist die Rede, die der niedrige Klerus am Faschingsdienstag im Chor gesungen haben soll.

An den Seitenaltären seien Würste verspeist worden. Carne vale! Fleisch, lebe wohl, heißt eine der etymologischen, vielleicht auch nur volksetymologischen Erklärungen des *Karneval.*
Daran muß ich denken und daran mußte ich denken, als mir der Theater- oder Schaubäcker von seiner Sprachnot und den Sprechgewohnheiten, die in der Bäckerei offenbar herrschen, erzählte. Gerade weil alles rein und hygienisch sein muß, darum wird diese Reinheit durch »unreine« Redensarten hintertrieben, so wird Dampf abgelassen und Überdruck gesenkt. Der hygienische Bäcker erleichtert sich durch unhygienische Wörter. So erspart er sich, auch schmutzig und dreckig zu handeln. Geradeso oder ähnlich verfahren auch Verkäufer oder Friseure, die eine besonders heikle und penible Kundschaft zu bedienen haben. Sie sind ausnahmsweise höflich und aufmerksam zu jener Person, hat er oder sie aber das Geschäftslokal endlich verlassen, so macht sich dieses durch Überempfindlichkeit und Aufsässigkeit der Kundschaft genervte Personal durch Schimpf, Scherz und Spott Luft und Erleichterung. Der Mensch braucht das. Dem Teig aber schadet es nicht. Hineinseichen darf der Bäcker nicht in den Trog, hineinschimpfen aber darf er, ohne einen Schaden anzurichten. Und von dieser Möglichkeit machen die Bäcker Gebrauch, es sei denn, sie befinden sich in der theatralischen Bäckerei der Innung auf der Messe, dann ist auch dieser Theaterdonner natürlich nicht erlaubt. Schweigend dulden und leiden, heißt es dort, wenn auch durch Erschwerniszu-

lagen entschädigt und schadlos gehalten. Die Art und Weise, wie in den Schaubäckereien und in den Vorführfleischereien auf den Messen gearbeitet werde, sei *salonfähig*, der normale Betrieb sei aber natürlich, auch wenn alle Auflagen und Vorschriften beachtet würden, *nicht* salonfähig, höchstens werkstattfähig. Der gewöhnliche Betrieb könne schon durch das Ungeziefer, das jeder Lebensmittelbetrieb anziehe, nicht salonfähig sein. Wo Käse ist, da sind auch Mäuse, und wo Fleisch ist, da sind auch Ratten, wo Mehl und Brot sind, da sind auch die sogenannten Simperlläuse. Sie gehören sozusagen zu den Beschäftigten der Bäckereien, jedenfalls stören sie sich nicht am Schild *Nichtbeschäftigten ist der Eintritt strengstens verboten.*

Beim Grillen nun, sagte ich zu meiner Frau, heiße es nicht *Der Zutritt ist den Nichtbeschäftigten nicht gestattet*, das Herantreten ist in diesem Falle sogar erwünscht. Und erwünscht ist auch das Kommentieren und Intervenieren. Jeder darf und soll sagen, was er von dieser oder jener Wurst hält, ob er sie bereits »durch« glaubt und findet, wie er das Feuer einschätzt und so fort. So bildet sich Gemeinschaft. Jeder ist auch befugt und berechtigt, den anderen zu kritisieren, wenn man für jenen Flachs das große Wort Kritik gebrauchen will. Du findest dieses Fleisch gar? Du Rohling, du blutrünstiger Rohling. Und so fort. Es sei also sicher kein Malheur, wenn die Währingers kämen, bevor ich das Feuer auf Hochglanz gebracht hätte. Es darf sich alles gern noch in statu nascendi befinden, wie die Römer den Zustand des Werdens bezeichnet haben. Auch die Schöpfung liegt bekanntlich immer noch in Geburtswehen. Die Chemiker haben den Ausdruck *in statu nascendi* übernommen und definieren ihn als »den besonders reaktionsfähigen Zustand chemischer Stoffe im Augenblick ihres Entstehens aus anderen«. Gerade darum handelt es sich auch beim Grillen, es ist etwas im Gange, es brutzelt, es entwickelt sich etwas, und das wirkt stimulierend auch auf die Gespräche und die soziale Interaktion. Viele Köche verderben den Brei diesmal nicht, ganz im Gegenteil, sie verbessern ihn. Der Grill ist die Mitte und das große Thema einer Gesellschaft, alles dreht sich um den Grill, so wie sich die Spanferkel oder die Hühner drehen, dieser Herd ist ein wenig wie ein Altar, auf dem unter vielen Reden und Riten geopfert wird. Und eigentlich und genaugenommen handelt es sich ja auch um Tieropfer, weil das Fleisch schließlich von Tieren heruntergeschnitten wurde. Das vergißt man natürlich leicht und gern. Gerade wenn man Würste, Käsekrainer, grillt, wie ich es damals vorhatte, als wir die Währingers eingeladen hatten, tritt das Animalische und Bestialische weit in den Hintergrund. Eine Wurst ist ein sehr verfremdetes Fleisch, ein denaturiertes, extrem geschnetzeltes Fleisch. Schon die Form der Wurst verdrängt die Erinnerung an das Tier. Es kommt sicher nicht von ungefähr, daß in der deutschen Umgangssprache das Wort

Wurst — jemandem ist etwas »Wurst« — für die völlige Beliebigkeit und Gleichgültigkeit steht. Das äußerste Einerlei, die totale Gleichmacherei. Das rührt natürlich daher, daß in der Wurst, dem an zwei Enden abgebundenen Natur- oder heute Kunstdarm, alles Platz findet. Der Fleischwolf macht alles gleich klein. *Klein,* das *Klein* heißt ein Hauptwort, es ist die Hauptsache beim Wursten. *Brät* nennen die Fleischhauer jene undefinierbare Masse, die in die Wurst kommt, obwohl sie eigentlich nicht »undefinierbar« ist, sondern sehr wohl »definiert« sein sollte. Es muß für eine gute Wurst durchaus »Zulassungsbeschränkungen«, was die in den Wolf und dann in den Wurstkessel geworfenen Materialien betrifft, geben. *Brät* kommt aus dem mittelhochdeutschen *gebraete,* was eigentlich »das Fleisch« bedeutet, von Sehnen, Flachsen, Haut und Haaren ist also nicht die Rede. Auch von Mehl eigentlich nicht. Obwohl es heute viele Würste gibt, die »stauben«, also mehlhaltig sind, das Mehl wirkt natürlich im Zusammenhang mit Wasser wie Kleister oder Kleber. *Papp* nannte man früher jenen Klebstoff, den man aus Mehl und Wasser sich selbst herstellen und bereiten konnte. Die Wurst verhält sich zum Fleisch wie die Preßspanplatte zur Eiche, die Wurst ist gründlich behandeltes und verwandeltes Fleisch, der Fleischwolf mit den viertausend Umdrehungen in der Minute macht es, der Fleischwolf macht es möglich. Und so, wie die Knacker kaum noch dem Schlögel ähnelt, so braucht sich

auch keiner mehr an den Schlachthof erinnert fühlen, wenn er eine Salzburger, Göttinger oder Braunschweiger ißt.
Salzburger, Lyoner, Krakauer, Bonner, die Würste sind nach den Städten benannt, nicht umgekehrt, obwohl man von dieser oder jener Stadt gern sagen möchte, die betreffende Wurst sei nicht das Schlechteste oder auch das Beste, was sie hervorgebracht hat. Der Zusammenhang von Stadt und Wurst ist so zwingend, daß einmal ein Kind seine Mutter gefragt haben soll, wo jetzt eigentlich Knack liege.
Einmal erlebte ich in Deutschland ein Gartenfest, das mir deshalb besonders in Erinnerung blieb, weil einer der Teilnehmer das Bedürfnis hatte und diesem Bedürfnis auch nachgab, Martialisches im Zusammenhang mit dem Fleisch- und Wurstkonsum anzusprechen, wobei das Bemühen, den schwächeren Teil der Gesellschaft, als der damals noch der weibliche galt, das sogenannte »schwache Geschlecht«, zu schockieren, ganz offensichtlich war. Er dachte also vieles zu Ende, nannte die fleischhauerischen und schlachterischen »Implikationen« der Wurst, schilderte Schlachthofszenen, entwarf das Berufsbild eines Lohnschlächters, erzählte bekannte Geschichten aus dem Milieu, wie sie auch in die Literatur eingegangen sind, nach. Und nachdem dies alles offenbar noch nicht den gewünschten Erfolg gezeitigt hatte, weil die Teilnehmer am Fest, sogar die Frauen, inzwischen der Geschichten zwar müde geworden,

aber zugleich auch ein wenig abgestumpft waren, begann er von den Menschenopfern der Azteken zu reden. Das ist nun freilich ein Kapitel der Religions- und Menschheitsgeschichte, das nicht leicht zu verkraften und zu »verdauen« ist. Wie die Azteken Gefangene gemacht, diese gemästet und verwöhnt haben, um sie zuletzt den Göttern darzubringen, ihnen vor allem das Herz bei lebendigem Leib herausgeschnitten haben und so fort, Menschenfresserei eingeschlossen. Die Geschichte aber wollte kein Ende nehmen, und obwohl der Gastgeber schon mehrmals mit Schiller und Beethoven ausgerufen hatte: Freunde, nicht diese Töne, sondern laßt uns freundlichere anstimmen, wörtlich oder sinngemäß, stieg der Martiale doch nicht von seinem Opferaltar und den Anden herunter, und Monsieur Macabre gab das Messer nicht aus der Hand. So zerstreute er die festliche Versammlung allmählich, dieser oder jener erinnerte sich daran, daß noch etwas zu tun sei, einer war besorgt, ob sie nicht ihren Babysitter oder die Schwiegereltern daheim überforderten ... Und zuletzt blieb der Gastgeber auf seinem makabren Gast und den Roastbeefs sitzen. Das heißt, ich war auch geblieben, weil mich daheim nichts erwartete und drängte. Ich bat den steinernen Gast noch um einige weitere niedliche Geschichten von Moctezuma. Ich mußte früher einmal über das Nibelungenlied eine Bemerkung gemacht haben, weil Le Macabre sagte: Ach, erzählen Sie doch vom Untergang der Nibelungen, da gibt es doch die Stelle, wo dem Gunther das Herz Högnis-Hagens auf der Schüssel gebracht wird und Gunther sagt, nachdem ihm vorher schon ein anderes Herz, Hjallis des Feigen, präsentiert und offeriert wurde: »Dies ist das Herz Högnis des Kühnen, ungleich dem Herzen Hjallis des Feigen, gar schwach bebt es, da es auf der Schüssel liegt, es bebte minder, da in der Brust es lag ...« Das sei das »Alte Atlilied« der Edda, sagte ich, und ich sähe, daß er auch vergleichende Studien betrieben und andere Kulturen als etwa unsere Kultur, die auch nicht arm sei an Krudem und Krudelitäten, beherrsche. Da lachte er, wie Högni gelacht hat, »als zum Herzen sie schnitten dem lebenden Helmschmied«. Da lachte er von Herzen.

Partygespräche sind natürlich ein Kapitel für sich. Chansons werden davon gesungen, und ich könnte selbst ein Lied davon singen. Am meisten hat mich immer erstaunt, daß bei allen Festen mindestens ein steinerner Gast anwesend ist, der den ganzen Abend über wenig oder nichts spricht und auch sonst eine Miene macht, als hätte er sich bloß auf das Fest verirrt, Pokerfaces auf den Partys. Dann gibt es, phänomenologisch gesehen, auch jenen Gast, der zwar wenig oder nichts zum Gespräch beiträgt, aber überall aufmerksam zuhört und sich vor allem durch beifälliges Gelächter hervortut. Einen solchen Menschen laden selbstverständlich viele gern ein, ist er doch der Gebende, ohne etwas zu fordern, er verlangt für sich keine Redezeit, unterlegt aber die Gespräche der anderen, die sich gerne produzieren, mit einem Geräusch-, einem Gelächterteppich, auf dem die offensiven Sprecher munter ausschreiten können. Er grundiert damit den Hintergrund durch Heiterkeit, während die Gesprächsführer vorne mit kühnen Strichen Bilder malen. Einmal erlebte ich, daß ein extremer Sprecher und ein extremer Schweiger und Lacher gemeinsam auf ein Fest kamen, der Eloquente auf dem Gebiet des Humors hatte sich also bereits den Lacher und Claqueur mitgebracht. Und wenn es dem Rhetor nicht gelang, die ganze Corona zu »besprechen«, dann widmete er sich seinem mitgebrachten Auditor, sie bildeten also so lange eine Partikulargemeinschaft und eine »Subgruppe«, bis es dem Erzähler wieder gelang, die größere Gemeinschaft zum Zuhören zu bringen und zu zwingen. Nicht selten animierte der »Hörer« auch Nachbarn durch Gesten oder kurze Kommandos zum Zuhören, wenn von seinem Freund, dem »Sprecher«, etwas besonders Witziges zu erwarten war, oder wenn sich die Erzählung der Pointe näherte. Hört doch einmal, was mein Freund zu sagen hat ...

Bei den Themen sind manche nicht wählerisch, sie erzählen das Nächstbeste, etwa den Inhalt der letzten Folge einer amerikanischen Serie im Fernsehen. Und obwohl sehr viele den Film gesehen haben und auch immer wieder zwischendurch selbst erzählerisch, korrigierend, kommentierend, paraphrasierend eingreifen, *intervenieren*, wie es die Rhetorik nennt, und so zu erkennen geben, daß sie mit dem Plot vertraut sind, läßt sich der Nacherzähler doch nicht aufhalten. Ja, wer hat den Film eigentlich nicht gesehen?!

Sicher haben ihn aber jene gesehen, die sich für diese Kunstsparte interessieren, wenn die amerikanischen Serien etwas mit Kunst zu tun haben sollten, und die ihn wie ich nicht gesehen haben, interessieren sich wahrscheinlich nicht dafür. Denn besser als die mittelmäßige Nacherzählung eines Erzählungsamateurs ist der Film wohl immer noch, es bleibt ja auch im Wechsel des Mediums viel auf der Strecke, und die Handlung gerade besserer Filme kann sehr bescheiden sein, wenig erzählbare Aktion und Dramatik enthalten.

Damals in Deutschland berichtete jener Grand Macabre über die damals in den Lichtspielen aufgeführten Filme »Mondo Cane« und »Africa addio«. Er hatte damit wenigstens sein eigenes Thema, weil jene Filme im Fernsehen nicht gegeben wurden und die Anwesenden, der Schaudererregung offenbar abhold, das Kino gemieden hatten. Die Harmlosigkeit der Television durch narrative Opfer an Sinnlichkeit und Anschaulichkeit zusätzlich reduzieren — da kann nichts Gutes herauskommen.

Müßte ich das Hauptmerkmal der Partygespräche in ein Wort nennen, so würde ich sagen: Übertreibung. Die ÜBERTREIBUNG ist das Hauptmerkmal der naiven Berichterei und Erzählerei. Es muß an der Langweiligkeit und unendlichen Banalität des Lebens der meisten Menschen liegen, und ich würde, wenn ich den Währingers gegenüber das Gespräch auf diesen Punkt brächte, mich und mein Leben gar nicht ausnehmen, daß die Menschen, daß wir, nahm ich mir vor, zu Währinger zu sagen, *so gerne übertreiben*, alles dramatischer und interessanter machen wollen. Wenn einer eine Reise tut, dann kann er was erzählen, er kann andere zum Staunen bringen. Er besitzt damit ein beliebtes Thema. Und hat er den schiefen Turm in Pisa gesehen, so wird der Turm in seinem Reisebericht immer schiefer. Der Reiseberichterstatter neigt den Turm gänzlich außerhalb der Gesetze der Statik in den Bereich des Wunderbaren. Wunder an Merkwürdigkeit — auf diese Weise werden Staumauern, die an sich imposant, ja monströs sind, zusätzlich um hundert Meter erhöht, Supertanker um tausende Bruttoregistertonnen vergrößert, Überschallflugzeuge auf die mehrfache Schallgeschwindigkeit beschleunigt. Das Leben wird angetrieben, es werden der Fadesse Beine gemacht. Anfang der sechziger Jahre berichteten viele von ihren Touren und erzählten von Gewaltmärschen, Gewaltfahrten quer durch Europa. In einem Zug von Wuppertal nach Lissabon im PKW! Weltwunder, nichts wie Weltwunder wollten die Weltreisenden erlebt haben, jeder wollte den kräftigsten Kraftwagen haben. Und einige sagten damit sogar die Wahrheit, die nackte Wahrheit. Heute wären solche Parforceritte nicht mehr möglich, weil der Verkehr zu dicht geworden ist und das Auto*mobil* zu einem Auto*unmobil* verkümmern hat lassen. Heute überbieten und übertrumpfen sich die Touristen mit den längsten Staus, in die sie geraten sein wollen. Einer redet also wie ein Buch, und er redet wie das Buch der Rekorde. Das Muster der Erzählung sieht wie folgt aus: Einer erzählt etwas Erstaunliches, und der nächste sagt: Das ist ja gar nichts. Als ich ... *Überbietungstopos* nennt die Rhetorik das Schema dieses Fortgangs der Rede. Rekorde wohin man blickt.

Nicht nur Menschen wollen Rekorde aufstellen, Individuen nämlich, Sportler etwa, so sinnlos alle diese Rekorde eigentlich sind. Besonders sinnlos sind dann jene Rekorde, die Personengruppen, ja ganze Kommunen und Städte aufstellen. Man kann die Zeitung aufschlagen, wo man will, man liest heute etwas von Rekorden, und man kann auf jedes beliebige Gartenfest gehen, man erfährt etwas von Spitzenleistungen. Die Stadt X hat den längsten Lungenstrudel gebacken, die Gemeinde Y hat den größten Schneemann gebaut, und wieder woanders wurden die meisten Bierdeckel aufeinander geschlichtet. Genau besehen, ja aus Entfernung besehen, ist erkennbar, daß es sich dabei um Spitzenleistungen der Stumpfsinnigkeit und oft auch der Geschmacklosigkeit handelt.

Es finden sich freilich immer wieder Leute, die einen Dauerduscher oder einen Langzeitklavierspieler bewundern und bestaunen. Denn ohne Applaus und ohne Zustimmung und Bewunderung zu bekommen, würden die Dauerduscher nicht dauerduschen und die Langzeitklavierspieler nicht langzeitklavierspielen. Lese ich von einer Stadt, daß dort dieser oder jener aberwitzige und stumpfsinnige Rekord aufgestellt wurde, dann denke ich, diese Stadt verdient ins Buch der Rekorde zu kommen, weil sie nachgewiesenermaßen die meisten Dummköpfe beherbergt. Viel gescheiter sind aber in meinen Augen die sportlichen Rekorde auch nicht als die Bierfilzrekorde. Ich kann darin keinen Sinn sehen, einen Hundertmeterlauf unter zehn Sekunden zu absolvieren. Ich nahm mir vor, den Lehrer Währinger daraufhin anzusprechen, daß heute bereits die Schulen die Schüler zu falschem Ehrgeiz motivieren. Schon in den Schulen werden falsche Idole und Leitbilder propagiert, Leitblödler statt echter Leitbilder. Statt etwa den Leistungssport lächerlich zu machen, betreibt und praktiziert ihn der Turnlehrer mit seinen mißbrauchten Schützlingen! Statt die Schüler gegen die Übertreibungen des Zeitgeists hinsichtlich Tempo, Häufigkeit etc. zu immunisieren, animiert die Schule die Schüler zu Afterleistungen. Auf diese Weise werden aus Schülern alsbald jene Partygäste, die auf Empfängen herumstehen, mit ihren Touren prahlen, mit ihren Extratouren, sei es auf dem beruflichen, privaten oder amourösen Sektor. So jedenfalls, in der Schule bereits, entsteht der perverse Ehrgeiz, die längste Bratwurst zu grillen oder die höchste Torte zu backen. Die Schule müßte die jungen Menschen gegen die Abartigkeiten des Zeitgeistes impfen, sie impft sie aber mit dem Zeitgeist, sie behandelt sie mit den Bazillen und Viren des Zeitgeistes. Die Schule müßte das Gegengift bereithalten, sie hält aber bereit und verabreicht nicht das Gegengift, sondern das Gift. Sie gewöhnt den Kindern etwa durch die Raucherzimmer das Rauchen an, daran ist der schädliche Einfluß der Schule besonders drastisch sichtbar. Medizinisch gesehen ist die Schule »kontraindiziert«, sie zeitigt zuviel unliebsame Nebenwirkungen, wenn man freundlicherweise einmal davon ausgeht und annimmt, daß sie eine positive Hauptwirkung hat. Auch das wollte ich dem Währinger gesagt haben! Denn natürlich sagen die Schulpolitiker, die Erlaubnis zum Rauchen sei keine Einladung zum Rauchen, das Rauchen sei nicht empfohlen, sondern bloß toleriert. Diese feinen legistischen Unterschiede sind einem Kind wie überhaupt einem naiven und im guten Sinne unverbildeten Menschen aber schwer beizubringen. Was nicht unrecht ist, ist recht, und was recht ist, ist auch richtig. Anders als manichäisch in Gut und Böse können wir schwer denken. Fragt man aber den Schulabgänger, was er in der Schule gelernt habe, so kann er sagen: Rechnen, Schreiben, Lesen und Rauchen. Früher hieß es immer, das Rauchen habe ich mir beim Militär angewöhnt. Mein Vater sagte immer: Das Rauchen hat mir das Militär beigebracht, das Rauchen habe ich mir im Ersten Weltkrieg angewöhnt. Heute heißt es nicht mehr, das Rauchen habe ich beim Militär gelernt, sondern das Rauchen habe ich in der Schule gelernt.

Du redest zuviel und tust zuwenig, sagte meine Frau bei ihrer 3. Intervention, ich sei ein typischer Theoretiker, aber kein Praktiker, am Anfang stehe bei mir immer das Wort und nicht die Tat. Ich aber ließ diesen Gegensatz nicht gelten, weil in meiner Situation als Bibliothekar das Wort die Tat sei. Auch jeder Lehrer ist vor allem ein Redner, ja ein Berufsredner. Wenn er nicht gerade Werken oder Turnen und das Rekordeaufstellen unterrichtet, ist er ein Redner. Und selbst der Turnlehrer oder Trainer ist in gewisser Weise ein Redner, jedenfalls ein Nebenberufsredner. Einen stillen Turnunterricht gibt es nicht, einen geräuscharmen Turnunterricht mag es geben, aber einen *geräuschlosen* Turnunterricht gibt es so wenig wie einen *geruchlosen* Turnunterricht. Der Lehrer treibt die Schüler verbal an, und die Schüler schwitzen. Es gibt Trainer, die reden sich in Eifer.

Tat oder Wort ist eine falsche Alternative, denn heißt es nicht, daß die Arbeit munter vorangeht, wenn sie launige Worte begleiten. Tat und Rede stehen somit im Verhältnis der Akkompagnie, also der Begleitung, sie sind Kumpane. Eine stille Baustelle kann man sich schwer vorstellen. Der *Polier*, was, wie gesagt, von *parlieren*, »sprechen«, kommt, spricht berufsmäßig. Seine Rede hat den Charakter des Anordnens und Befehlens. Die Maurer sind bei dieser Rede Hörende und Gehorchende, aber natürlich auch Rückfragende, wenn die Rede des Vorarbeiters und Vorgesetzten ein Defizit an Information hinterläßt und wenn Unklarheiten bestehen bleiben. Ist das klar? lautet denn auch eine beliebte abschließende Frage einer Anordnungsrede. Jetzt ist der Platz und die Zeit für zusätzliche Orientierungsfragen, sogenannte Entscheidungsfragen oder Ergänzungsfragen. Wie lange habe ich dafür Zeit, wäre etwa eine Ergänzungsfrage, die einen Zusatz und eine Ergänzung erbittet. Ist das gefährlich? wäre eine Entscheidungsfrage, sie erwartet eine Ja- oder Nein-Antwort. Wo, wann, wie oft etc. leiten die Zusatzfragen der Maurer ein. Dürfen wir uns die Arbeit auf diese oder jene Art erleichtern? Entscheidungen des Vorgesetzten stecken natürlich auch in den Antworten auf Ergänzungsfragen. Haben aber die Maurer hinlänglich verstanden, worum es geht, was sie zu tun haben und wofür sie verantwortlich sind, so erklären sie entsprechend der Baustellenhierarchie den Hilfsarbeitern oder Zureichern den für sie bestimmten Teil der Arbeit. Natürlich steht dem obersten Vorgesetzten frei, auch diese Dividierung der Arbeiten bereits vorzunehmen oder anzuordnen. Ein psychologisch geschickter Vorgesetzter wird dies aber unterlassen, weil es den Nächstuntergebenen die Vorstellung oder auch süße Illusion von Kompetenz und Macht gibt. Sie können so meinen, sie hätten etwas anzuschaffen und zu delegieren. Das gehört zur arbeitsteiligen Gesellschaft. Ich habe Fahrer und Chauffeure erlebt, die unbeteiligt neben ihren Fuhren gestanden sind und keine Anstalten getroffen haben, sich am Abladen der Fracht oder Ausladen des Transportgutes zu beteiligen. Das lag nicht in ihren Dienstpflichten. Sie sind neben ihrem Gefährt gestanden und haben höchstens geschimpft und moniert, wenn durch unvorsichtiges Hantieren der abladenden Hilfsarbeiter ihr Fahrzeug hätte leiden können. Heute ist das Abladeproblem durch die Kippvorrichtungen weitgehend gelöst — und es ist gründlich gelöst. Man kann sich nur wundern, was heute alles heruntergekippt wird, bis hin zu Glaswaren. Für manche Güter und Waren ist das Hinunterkippen die endgültige Lösung. Aber ein gewisses Quantum Bruch ist einkalkuliert. Etwas zu brechen, kann immer noch billiger sein, als es kostspielig von Hand abladen.

Eigentlich wollte ich für den von meiner Frau programmierten Grillabend einen Bauunternehmer einladen, weil sich durch meinen Hausbau eine Menge an »Stoff« angesammelt hat, den ich einmal im Gespräch mit einem vom Fach loswerden wollte. Aber mein eigener Baumeister, die Baufirma also, die ich bei dem Hausbau, vor dem ich also stand, die Präliminarien für ein »Sommernachtsfest« mit Gartengrill zu erledigen, beschäftigt hatte, kam dafür nun nicht mehr in Frage, weil wir in Unfrieden voneinander geschieden waren und noch immer im

Streit lagen. Der Prozeß war im Gange, das Verfahren »hing an«, »schwebte«, wie die Fachleute sagen. Ich hatte die letzten Zahlungen ausgesetzt und zurückgehalten, bevor nicht einige Fragen des Konsumentenschutzes geklärt waren. So verkehrte ich mit »meinem« Baumeister nur über Dritte, Rechtsanwälte, und da ich nicht vorhatte, mich so schnell zufriedenzugeben und mich mit meinem Kontrahenten, dem Herrn Baumeister, zu versöhnen, kam dieser als Eingeladener zu meinem Fest nicht in Betracht. In dieser Situation hätte ich natürlich einen der Konkurrenten meines Prozeßkonkurrenten einladen können. Aber eine Krähe hackt einer anderen Krähe bekanntlich kein Auge aus, ein Baumeister wäscht den anderen, das kennt man, sie mögen sich zwar untereinander nicht, aber wenn es gegen den Stand geht, wenn einer wie ich dem gesamten Gewerbe den Prozeß macht und die Leviten liest, sind die Baumeister plötzlich solidarisch und ein Herz und eine Kelle. Dabei wollte ich mit einem vom Bau durchaus nicht nur »kritisch« reden, oder »kritisch« nur im alten Sinne des griechischen *krinein*, was soviel wie »unterscheiden« heißt. Freilich kommt dieses Wort *krinein* auch im Wort *Krise* vor, und der, der vom Bauwesen spricht, spricht notwendigerweise von einer Krise, wer vom Bauwesen handelt, handelt und spricht immer zugleich vom Bauunwesen. Das liegt in der Natur der Bausache. Aber gern hätte ich etwa einmal einem Baumeister die soziolinguistische Situation auf einer Baustelle erklärt, wie sie sich nach meinen Erfahrungen mit meinem eigenen Hausbau aus vielen unmüßigen Beobachtungen dargestellt und gezeigt hat. Auch vom Verhältnis zwischen Wort und Tat hätte ich gern gesprochen. So blieb mir nichts anderes übrig, als meiner Frau die Sache zu erklären, der ich sie aber schon oft erklärt hatte. Sie war im Augenblick aber ungeduldig und für lange Erklärungen nicht zu haben, weil sie die Währingers jeden Augenblick ankommen sah und wegen unserer, insbesondere meiner Vorbereitungen skeptisch war. Sie monierte mangelnde Synchronie, eine vorhandene Disparatheit von Zeit und Vorbereitung. Wir seien nicht in der Zeit, es mangle am sogenannten »Timing«. Ich kam mir durch die Ungeduld meiner Frau wie im Countdown vor. Hörte immer im Geist schon das Zero, die Null, was nichts mit dem Währinger zu tun hatte, aber seine Ankunft bedeutete: Go!

Die Obliegenheiten mit dem Grill hinderten mich aber nicht daran, nachdem sich Hera nach der 3. Intervention zurückgezogen hatte, weiter an meinen Erinnerungen und Erfahrungen mit den sprachlichen Verhältnissen auf Baustellen im »intersubjektiven«, lautlosen Selbstgespräch zu »laborieren«. So muß man, dachte ich, zwischen einem dienstlichen, den Bau selbst betreffenden Teil und einem privaten Anteil am Gespräch unterscheiden. Die Leute am Bau erzählen sich, vor allem am Montag, was sie das Wochenende über erlebt haben, sie berichten von Wirtshäuserbesuchen, auch Gartenpartys, Grillereien, Zeltfesten und anderen Vorkommnissen, sogenannten »Discounfällen«, Unfällen aller Art, Schlägereien auf Festen, Gartenarbeit etcetera. Natürlich haben die älteren, gestandenen Familienväter und Ehemänner ihre eigenen Themen, während die jüngeren hauptsächlich das Thema Nummer eins abhandeln. Die Jüngeren sind es auch, die hinter Mädchen, die die Baustelle passieren, herpfeifen, also auch sogenannte »nonverbale Kommunikation« betreiben, unsprachliche Zeichen setzen, Signale von sich geben, »ausstoßen«, was die animalische Komponente der Sexualität zu erkennen gibt. Auf allen Baustellen gibt es neben den Zurückhaltenderen auch solche, die sich angesichts eines weiblichen Menschen nicht zurückhalten können und irgendwelche Balz- und Brunftgeräusche produzieren, Reizreden führen und unzweideutige Gesten fingern und grimassieren. Die Älteren hänseln casibus eroticis die Jüngeren, die Jüngeren die Älteren, die Älteren prahlen mit ihren Erfahrungen in puncto puncti und nennen die Jüngeren unerfahren und hilflos, die Jüngeren diagnostizieren bei den Älteren altersbedingte *impotentia coeundi.* »Nicht mehr können« — eine Lehnübersetzung nach dem lateinischen *imposse.* Es gibt Baustellen, wo das Interesse an diesem Thema, diesem »privaten«, einhellig ist und einheitlich bis hinauf zum Polier, es gibt aber auch keuschere Baustellen, wo etwa der Polier oder ein älterer Maurer davon nichts hören will. Mancher hat weiß Gott andere Sorgen! Es gibt Baustellen, wo das Gesprächsthema gewechselt wird, wenn der Architekt oder Baumeister kommt oder wenn die Bauherrschaft erscheint, namentlich die Frau des Bauherrn, die Baufrau oder Baufrauschaft, wie man es dann nennen will. Es gibt freilich auch Baustellen, wo die Arbeiter in der Frau des Bauherrn vor allem die Frau sehen und sich auch bei ihr nicht mit Unzweideutigkeiten und Anzüglichkeiten zurückhalten. Eine eigene Gruppe stellen selbstverständlich die Gastarbeiter dar, die früher richtiger und zutreffender *Fremdarbeiter* hießen. Ich erinnere mich daran, daß Anfang der sechziger Jahre eine deutsche Zeitung einen Wettbewerb ausschrieb, dessen Frage nach einem besseren und schöneren Wort für *Fremdarbeiter* lautete. Es kamen nicht viele gute Vorschläge. Einer ist mir immerhin in Erinnerung geblieben: *Südwerker.* Jemand schlug *Südwerker* für *Fremdarbeiter* vor. Er deutete damit die Richtung an, aus der die Fremdarbeiter kamen, aus Jugoslawien und Italien vor allem. Die Maurer am Bau haben sich um solche Sprach- und Sprachregelungsprobleme wenig gekümmert und sicher auch nicht am gutgemeinten Namenwettbewerb teilgenommen, für sie ist ein Jugoslawe ein *Jugo* oder *Partisan,* ein Italiener ein *Katzelmacher* und so fort. Ich halte nichts von übertriebenen Selbstbezichtigungen, die Deutschen und Österreicher nehmen sich vielleicht zu wichtig, die Intellektuellen, wenn sie sich oder ihre Landsleute so unend-

lich schlecht machen, es ist viel Selbstgerechtigkeit in diesen Selbstbezichtigungen, wenn freilich leider auch stimmt, daß schrecklich viel Unrecht und Bosheit hier in diesem Jahrhundert den Ausgang genommen haben. An den Gastarbeitern haben sich viele für erlittene Niederlagen in Kriegen schadlos gehalten, genaugenommen mußten viele der armen Fremdarbeiter nicht nur für das büßen, was ihre Landsleute den Deutschen, sondern auch dafür, was die Deutschen ihren Landsleuten angetan hatten ... Wenn man auch in Rechnung stellen muß, daß auch einige ihrer Landsleute nichts schuldig geblieben sind, ich denke vor allem an den Ersten Weltkrieg. Damals hat ein Italiener an der italienischen Front fast meinen Vater erschossen. Mich hat dies nie gehindert, »Bei Mario«, einem Italiener in Saarbrükken, eine Pizza zu essen. Hätte der Landsmann Marios damals besser gezielt, hätte ich aber nie Spaghetti oder Pizza essen können, und er hätte Mario um eine gute Kundschaft gebracht. Die Zeit, sagt man, heilt alle Wunden. Phantomschmerzen der Kriege! Damals also hat vielleicht sein Vater auf meinen Vater geschossen, und heute serviert mir Mario eine Pizza; es wäre sicher besser gewesen, man hätte bereits meinen Vater in eine Pizzeria statt in den Krieg geschickt.
Ich dachte also an jene Reden, die auf den Baustellen geführt werden, die keinen thematischen Zusammenhang mit der Arbeit haben und nicht selten die Arbeit sogar behindern, bremsen und

verlangsamen, weil das Thema, etwa jenes angesprochene, so suggestiv und fordernd, den ganzen Menschen ergreifend ist, daß der darüber Redende davon voll in Beschlag genommen ist und zur Unterstützung seiner Rede auch die Hände braucht. Er wird vom Thema ergriffen und angepackt, so daß er selbst nichts mehr angreifen und anpacken kann. Ich habe nicht nur einen Maurer auf meiner Baustelle gesehen, der, von einer schönen Frau schwärmend, die Kelle und vor allem die Pfanne zur Demonstration benützt hat. Ein anderer spottet über eine schlanke Frau und setzt zur Erklärung des fleischlichen Mangels an einer bestimmten Stelle das große Reibbrett ein, mit dem der Mörtel des Verputzes flach gemacht wird. Es gibt am Bau wie überall eben Menschen, die alles an dies eine erinnert, die in jedem eine Ähnlichkeit damit erblicken. Dies ist damit der letzte, resistenteste Bereich, wo sich selbst im einfachen Volk das Analogiedenken behauptet und bewahrt hat, ein Analogiedenken, das früher alle Bereiche durchdrungen und gerade diesen einen als Tabu ausgespart hat. Ich muß daran denken, wie etwa die Schreibenden bis ins Mittelalter und darüber hinaus in die Neuzeit hinein die Schriftstellerei mit der Landwirtschaft verbunden haben, Schreiben war ihnen soviel wie Pflügen, die Tinte war ihnen der Samen, die Zeile der Acker, die Feder der Pflug. Insofern die Feder eine wirkliche Feder, ein Gänsekiel etwa, war, lag die Verbindung ja auch sehr nahe. Und wenn jemand auf Pergament, auf Schafs- oder Eselshaut schreibt, sich überlegen muß, ob er die richtige Seite, die Fleisch- und nicht die Haarseite benützt, muß er sich doch wie ein Landmann, ein Vogel-Bauer, Geflügelzüchter, Tierhalter vorkommen. Darum sind die alten Dichter so wohltuend nahe an der Natur, der Erde und dem Blut, das buchstäblich und wirklich in der Tinte ist. Mit Stierblut ein Gedicht über den Landbau schreiben, mit dem Gänsekiel ein luftiges Lied über den Vogelflug, auf honiggelbem Pergament einen großen Imkerroman, auf fleischfarbenem italienischem Pergament ein Poem über die Schönheit des Leibes! Mit dem eigenen Blut aber unterschrieb man Blutsbruderschaftspakte, aber auch dem Teufel verschrieb man sich mit dem eigenen Lebenssaft. So jedenfalls bringt man das abstrakte Schreiben und Dichtern materiell an die Urmaterie heran. Erdfarben verwendet der Naturmaler, Kunstfarben der Kunstmaler. Auch *caput mortuum* ist eine ganz natürliche Farbe ... Türkis, Azur, Umbra, Terra Siena, Kobalt. Kunst hat die Tendenz, wider oder wieder die Natur zu sein, sie ist es nach Maßgabe ihrer Produktionsmittel.

Jahrhundertelang sprach, predigte, redete man *analog*. Auf dem Wege der Analogie schwang man sich zum Göttlichen auf, *via analogiae entis,* über die Seinsanalogie vom Geschaffenen zum Schöpfer, alles erinnerte das Altertum und das Mittelalter an etwas anderes, in allem sah man das Heilige und Göttliche, in allem Vergänglichen erblickte man den Schein des Ewigen, die Welt erschien den Alten durchsichtig, und sie blickten durch die Erde hindurch in den Himmel und die Hölle hinein, wie die Alten die Erde ja den »Mittelgarten« nannten. Heute ist dieser Drang, dieser oft übertriebene, aber doch großartige Drang, gründlich gewichen, die Dinge haben ihren Hinter- und Übersinn und oft auch ihren Sinn verloren, alles hat höchstens noch einen Zweck, und der Zweck erscheint vielen auch als sinnlos. Damit hat die Plattheit, die Banalität und mit der Banalität die Langeweile die Überhand gewonnen. Das Sexuelle aber, so scheint es, ist der einzige Bereich, wo die Menschen noch eine gewisse Phantasie oder auch Phantasien entwickeln. Die erotische Obsession hat die metaphysische Leidenschaft verdrängt. Ich muß daran denken, wie die Leute immer daran denken müssen. Und es fiel mir, während ich mit den Grillwerkzeugen hantierte, jene Umfrage oder jener Witz über die Umfrage, jener durchaus plausible und ernste, jedenfalls vielsagende Witz von der Meinungsforschung ein, wo ein einfacher Mensch gefragt wird, woran er denke, wenn er einen Löffel, einen Baum, eine Quelle etc. sehe, und der immer erwidert, dies und das und dieses und jenes erinnere ihn an Geschlechtliches. Auf die Frage aber, wie er hiebei und dabei daran denken könne, wie er also auf solche Gedanken kommen könne, erwidert er, er denke eben *immer* daran. Er mißtraue jedem nichtsexuellen Gedanken, hat einer gesagt, und

nicht wenigen ist dieser Bereich die Basis allen »Denkens« geworden. Mir ist ein Mensch, der diesem Hang, also dem Trieb, wenn es einer ist, gänzlich nachgibt und unterworfen, also besessen ist, immer sehr lächerlich erschienen. Ich lobe jene Räume, in denen von etwas anderem die Rede ist. Aber natürlich weiß ich, daß der Mensch seine Geschlechtswerkzeuge immer dabei hat, dabei haben *muß*, er kann sie nicht wie die Maurer das Handwerkszeug daheim lassen, auch nicht vergessen, wie die Maurerlehrlinge die Kelle oder das Senkblei und die Wasserwaage vergessen. Und zu denken geben kann einem auch, daß die Lust des Menschen keine festen Zeiten kennt, sondern immer auf- und losbrechen kann. Wäre sie an feste Zeiten gebunden, so könnte der von ihr Betroffene und »Heimgesuchte« an seinen *Tagen* daheim bleiben, so wie die Maurer in den Krankenstand gehen oder eine »Regenschicht« einlegen. Aber dem Menschen, jedenfalls dem männlichen Menschen, schlägt keine Stunde, er ist keinen Augenblick sicher, ob ihn nicht etwas ankommt und anficht.
Schon im Deutschen Wörterbuch der Brüder Grimm sind für das Wort *Werkzeug* zwei große Bedeutungsbereiche genannt; der eine notiert als »Handwerkszeug«, Gerätschaften der Handwerker, Beißzange, Hammer, Stemmeisen etc., und der zweite Bereich, der heute wie übertragen wirkt, aber von Haus aus nicht uneigentlich und übertragen gemeint war, lautet »Körperorgane«,

wovon uns eigentlich nur noch die *Geschlechtswerkzeuge* geblieben sind. Es hat selbstbewußte Männer gegeben, wohl auch Frauenfeinde, die gemeint und geäußert haben, daß eigentlich nur das männliche Geschlechtswerkzeug diesen Ausdruck verdiene, am Mann sei ein Überschuß, etwas Hervorstechendes und Herausragendes, an der Frau aber eine Aussparung, also ein Defizit oder gar Defekt, nur der Mann sei im Besitz einer *Schmierölkanne,* wie es nun eine selbstbewußte Frau und große Schriftstellerin frischen Muths einmal verächtlich bezeichnet hat. Und selbst die eigentlichen, ja die medizinisch-technischen Ausdrücke für das Geschlechtswerkzeug, selbst diese akademischen Wörter waren einmal Übertragungen, der Benennungsgrund aber lag meist in der Ähnlichkeit des Körperteiles oder Gliedes mit einem Gegenstand der technischen oder biologischen Welt. Schon Cicero beschwert sich in den Briefen: *hodie »penis« est in obscenis*, das unverdächtige Wort »Schwanz«, *penis*, habe einen unanständigen Doppelsinn bekommen.
Sicher wußte ich, daß ich mir zu meiner Party keinen Sexomanen, keinen Satyriasten und keine Nymphomanin einladen wollte, aber auch keinen von sonst einer der heutigen Manien befallenen Menschen.
Nachdem ich erkannte, daß das Gartengrillfest unvermeidlich sei, und ich mich nach möglichen Einzuladenden, Einladbaren, »Einladlichen« umsah, bevor ich auf die Währingers als die einzigen

denkbaren und für uns möglichen Kandidaten stieß, gesellschaftlich nicht zu hoch, einem Bibliothekar in einer Öffentlichen Stadtbibliothek einer mittleren Kleinstadt oder einer kleineren Großstadt angemessen, Stadtrandbewohner wie wir, Einfamilienhäusler und kinderlos wie wir, da ging ich im Geiste alle möglichen anderen Invitabilen durch. Ich wollte aber nicht höher hinaus und mir etwa bei Hochgestellten oder sich hochgestellt Empfindenden, sich eine Hochstellung Einbildenden, eine sogenannte Abfuhr holen. Denn viele von den Bessergestellten, das heißt Besserverdienenden, denn im Besserverdienen liegt in dieser materialistisch gesinnten Gesellschaft auch die Bonität der Person, erhalten und genießen ihr Selbstwertgefühl, ihren Dünkel von der Überlegenheit gerade darin, daß sie solche Einladungen, wie ich, ein Bibliothekar, sie etwa aussprechen könnte, ablehnen! Denn wie anders kann ein Mensch seine Größe erfahren, das gilt auch für die physische Größe, also die Leibesgröße, als dadurch, daß er sich neben einen Kleineren stellt und sich so als relativ groß oder größer erfährt. Es ist alles eine Frage der Komparatistik, des Vergleichs. Und darum gibt es ganze Hierarchien von Amtsbezeichnungen und Titeln, damit jeder ganz genau weiß, wo er steht. Die seelische Größe, die *magnanimitas,* wie die Römer gesagt haben, läßt sich nicht berechnen und messen, die Charge und der Grad, die Verwendungsgruppe und der Titel aber lassen sich bescheinigen. Das Militär ist nicht der einzige Bereich, wo die Hierarchie besonders drastisch und geordnet erscheint, man könnte auch andere Systeme anführen. So ist auch normiert und geordnet, wer zuerst grüßen muß und wer den Gruß erwidern kann, wer anklopfen muß und wer nicht, wer einen Generalschlüssel bekommt und wer einen bloß eingeschränkt passenden, für sein Kämmerchen verwendbaren und so fort. Und weil ich nun kein Umstürzler bin und eine natürliche Autorität gern anerkenne, wenn ich auch Verachtung für angemaßte Autorität und Angeberei empfinde, wollte ich doch »in meinem Rahmen« bleiben. Mit dem Währinger hielt ich mich in dieser Mitte. Ich wollte auch nicht tiefer hinuntersteigen, wie der Einladende in der Bibel, der einige Ablehnungen und Verschmähungen hinnehmen muß, seine Boten daraufhin auf die Straßen und Gassen und zu den Zäunen hinaussendet, um Unterstandslose und Streuner, Land- und Stadtstreicher zu sich zu bitten. Andererseits wollte ich auch keine Menschen mit sogenannten Piepserln, wichtige, eigentlich *unabkömmliche* Personen, kommen lassen, die einem durch höhere Gewalt oder einen Journaldienst, der sich auch auf die Nacht erstreckt, jederzeit entzogen und entrissen werden könnten. Natürlich brachte ich es durch diese vielen Restriktionen und Bedingungen auf keine große Einladung, keine allgemeine Invitation, sondern nur auf eine Person oder zwei Personen, einen Lehrer mit Anhang, aber keinen Personenkreis! Meine

Frau zeigte sich bei unseren Erörterungen über die auszusprechenden Einladungen beziehungsweise über den Singular einer Einladung wesentlich offener und zugänglicher, nannte diese und jene Person aus unserem Gesichtskreis, um das Wort Bekanntenkreis zu vermeiden, das in unserem Fall zu vertraulich und intim klingen würde, als durchaus »würdig« und möglich, mußte aber dann nach meinen Analysen doch zugeben, daß es diesen oder jenen Ausschließungsgrund gebe und daß einige dunkle Punkte eine Einladung zu einem Fest eher als untunlich erscheinen ließen.

So blieb es oder kam es zu den Währingers, bloß zu einem Ehepaar, einem *Paar* und nicht zu einem *triclinium,* wie die Römer eine Tisch-, Mahl- oder Festgemeinschaft nannten, wenn, wie üblich, je drei Leute an drei Seiten des quadratischen Tisches saßen — wie in der Frühzeit — oder lagen — wie in der Spätantike —, wobei eine Seite frei und für das Personal, das aufzutragen hatte, zugänglich blieb. Wie hatte ich mich in unserer Stadtbibliothek bemüht, das Standardwerk von Joachim Marquardt, »Das Privatleben der Römer« aus dem 19. Jahrhundert, den Lesern und Benützern zu empfehlen, einzureden und schmackhaft zu machen. Ich stellte es an eine Stelle, wo jeder vorbei und hinsehen mußte, hatte aber mit all meinen Bemühungen wenig Erfolg. Die Entlehner entlehnten und entlehnen immer die gleichen trivialen Liebes- und Ehebruchsromane, von den Römern und ihrem Alltagsleben wollen sie nichts wissen, sie gehen wohl davon aus, ein Privat- und Alltagsleben haben wir selbst, was wir erfahren wollen, ist das außerordentliche Leben von herausragenden, exponierten Personen, das Liebesleben von Prinzen und Prinzessinnen, das Highlife der High-Society; *gewöhnlich* sind sie selber, mögen sie denken. Sie wollen immer wieder den Kaviar des Jetsets der Gegenwart sehen, nicht aber die Hausmannskost der Bauern und Arbeiter der Vergangenheit. Und was könnten sie von den Römern lernen! Schon die Römer beobachteten eine genaue Tischordnung bei der *cena,* beim »Mahl«. Lud etwa einer einen Konsul ein, so mußte der einen Ehrenplatz auf dem sogenannten *lectus summus* bekommen, später richtete man sogar einen *lectus consularis,* also eine »Konsulnliege«, auf dem *lectus medius,* dem »Mittelbett«, ein, und Plutarch nennt auch die Gründe für diese besondere Plazierung. Sie liegen darin, daß der hohe Gast den Wirt vor sich haben muß, der auf dem *lectus imus* ruht, dann aber vor allem deshalb, daß er von der freien Seite der *mensa*, des Tisches also, von seinem Personal und den Sekretären besucht werden kann, die ihm Meldungen überbringen, oder die ihm eilige Sachen zur Unterschrift vorlegen. *Umbrae,* also »Schatten«, nannte man die Begleiter von hochgestellten, »exponierten« Eingeladenen. Einige waren zwischen der Staatskanzlei und jenen Lustorten im weitesten Sinn, wo sich die Konsuln aufzuhalten pflegten, immer unterwegs, und mancher Konsul hat bei Tisch erfahren, daß ein Krieg ausgebrochen ist. Und es blieb ihnen der Bissen im Hals stecken, oder sie sagten, geschult durch Seneca und Marc Aurel, Kriege wird es immer geben, ein so großartig zubereitetes ägyptisches Haselhuhn, eine solche Feigendrossel, eine solche Schnepfe oder eine solche Wachtel bekomme man aber so schnell nicht mehr. Oder es meldete ein Sekretär dem Konsul eines jener Großfeuer, wie sie damals in den Stadtrandsiedlungen fast täglich ausbrachen und wüteten. Auch deshalb haben sich die Konsuln oder Prätoren nicht immer von ihren *loci praetorii* oder *lecti consulares* erhoben. Es gab zwei mögliche Befehle in dieser Situation, »holt die Feuerwehr« oder »laßt es brennen«. Die Korruption der Grundstücksmakler, der Hausbesitzer und ihrer Banden und Helfershelfer, aber auch der Politiker, war damals bekanntlich ganz im Gegensatz zu heute sehr groß. Und mancher Politiker war nicht bloß Politiker, sondern zugleich auch Hausbesitzer, Patron und Makler zugleich ... Für meine Einladung kam jedenfalls kein Politiker in Betracht, der nur mit einem Ohr auf das hört, was ihm der Wirt zu sagen hat, mit dem anderen aber den Botschaften seines Chauffeurs und seines Sekretärs lauscht. Ich wollte jemanden einladen, der niemandem sagen muß, wo er sich aufhält, keinen Unabkömmlichen, sondern einen Abkömmlichen, den all die möglichen Katastrophen, Kriege, Unfälle, die sich im Verlauf eines solchen Sommerabends im Inland und im Ausland auch ereignen, nichts angehen, der durch nichts aus der Ruhe gebracht werden kann — also einen Lehrer in den Ferien, einen im römischen Sinne *müßigen* Menschen im tiefsten Frieden des *negotiums,* mitten in den Ferien, daß er sich an die Schule eben noch erinnert, aber noch nicht vor dem Schulanfang fürchtet —, ein solcher schien mir der ideale Genosse und Partner für ein Sommernachtsfest.

Meine Überlegungen waren insofern dialektisch, als ich einerseits zu einer Grillparty einladen wollte, andererseits aber auch niemanden bei mir haben wollte, dessen einziger Lebensinhalt solche Grillpartys sind. Und obwohl das Grillen von mir durchaus als ein mögliches Gesprächsthema vorgesehen war und ich intendierte, das Grillen selbst zu einem Gegenstand unserer »Verhandlungen« zu machen, wollte ich doch keinen Menschen um mich haben, dessen einziger Lebensinhalt Essen und Trinken ist. Zu unangenehm hatte ich, gerade auch von meiner Zeit in Deutschland, neben Sexomanen solche Gastromanen in Erinnerung, die, wovon sie auch sprachen, immer vor allem vom Essen sprachen, für sie reduzierte sich auch ein Gespräch über Griechenland auf ein Gespräch über Gyros und Metaxa. Das Essen und die entsprechenden Preise. Sie schienen dort und dort nur hingefahren zu sein, um die Küche und die Preise der Speisen zu testen. Sie hätten sich Speisekarten kommen lassen sollen, und sie hätten sich die teuren Reisen praktisch ersparen können. Berichteten die einen über Sensationen und Weltwunder, so diese Gastromanen über Sensationen und Weltwunder des Tisches und des Kellers. Selbst Fragen der Gesundheit wurden von ihnen nur im Zusammenhang und unter dem Blickwinkel des Essens gesehen. Hörte und erlebte ich diese gastronomische Besessenheit, so mußte ich schon damals an den Niedergang des römischen Reiches und an den Ausgang und das Ende der Antike denken, das auch durch derartige Schwelgereien und Interessenverengungen und Obsessionen in Essen und Trinken gekennzeichnet ist. Selbstmord mit Messer und Gabel haben die Römer verübt. Sie sind an ihren Brechmitteln, die sie schon am Morgen einnahmen, zugrundegegangen. Der Tafelluxus hatte, nach dem Zeugnis von Zeitgenossen, die jene römischen Jammergestalten gesehen haben, folgende Figuren zur Folge: »Die Dichter nennen sie ein Geschlecht mit blassen Gesichtern, hängenden Wangen, geschwollenen Augen, zitternden Händen und dikken Bäuchen, schwachem Verstand und ohne Gedächtnis, aber zu sinnlichen Exzessen krankhaft aufgeregt, das Siechtum in Leib und Seele tragend und selbst die ärztliche Hülfe nur dazu in Anspruch nehmend, um die Gesundheit wieder zu erlangen, um neue Kräfte zum Genuß, wenn auch nur vorübergehend, zu erhalten, das sind die Römer, die Plinius und Galen beschreiben«, schreibt Marquardt. Also bitte keinen Schlemmer, sagte ich zu meiner Frau, und bitte auch keinen von den neuerdings so häufigen »Spezialisten«, die zu Hause in ihrer »Bücherei« nur die neueste Kochbücher-Literatur und den Gastronomiekalender und den Schematismus über Lokale stehen haben, aber nicht den Marquardt.

Und keine Vegetarier, keine Makrobioten, keine Vollwertkostler oder andere Fanatiker! Auch dieser Gesichtspunkt verengte die Reihe der möglichen Aspiranten und Anwärter sehr. Es sind gar nicht wenige hier in der Gegend, die dem Fleisch abgeschworen haben und ganz salatig und alternativ geworden sind. Und obwohl ich kein Verächter von Salat und Gemüse bin, wofür ja schließlich meine Frau im Haus zuständig und am Werk war, während ich den fleischlichen Teil des »Mahles« zubereitete, so verstand ich das Grüne doch immer mehr als *Zuspeise*, wie man weiter draußen am Land den Salat nennt. Den Vegetariern aber hätte ich, wenn sie mich am Grill hätten sehen und kritisieren können, nur mit dem antworten wollen, was ein Scherzbold von Koch bei Titus Maccius, (»Hanswurst«) Plautus, von sich gibt: »Ich koche zu Mittag nicht wie die anderen Köche, die ganze gesottene Wiesen in Schüsseln auf den Tisch stellen und aus ihren Gästen Ochsen machen, die sie mit Kraut vollstopfen. Und als Zutat zu Kraut nehmen sie wieder Kraut, Koriander, Fenchel, schwarze Raute und Lauch. Dazu kommt noch Ampfer, Blattkohl, Mangold und Amarant. Darum haben die Leute auch keine Lebenserwartung, weil sie sich den Magen mit Kraut vollschlagen, mit Kraut, das zu nennen schon abscheulich ist, um so mehr aber zu essen. Kraut, das ein Vieh nicht essen mag, ißt jetzt der Mensch!« Den Vers vom Kraut, das der Koch nicht nennen, geschweige denn essen kann, könnte man mit einer deutschen Redewendung vielleicht auch so übersetzen: Nicht einmal das Wort *Kraut* nimmt man in den Mund, geschweige denn die Sache, für die es steht.

Ich würde meinen Kritikern gern zugestehen, daß der Gedanke, daß der Mensch früher, im Goldenen Zeitalter, keiner Fliege und auch keinem Schwein etwas zuleide getan hat und daß es als besonders verwerflich gegolten hat, etwa das Rind, »den Genossen der menschlichen Arbeit«, zu schlachten, etwas Schönes und Freundliches und Friedliches an sich hat. Und natürlich macht es auch Eindruck, den Niedergang des römischen Reiches mit dem Vordringen der Fleischnahrung in Zusammenhang zu bringen. So wäre es schön, wenn die Geschichte sich abgespielt hätte. Aber sie hat sich leider so nicht abgespielt und ereignet. So ist die Geschichte von der vegetabilen Unschuld am Anfang zwar schön, aber falsch und eine Fälschung, denn schon die Pfahlbauern haben Rindfleisch verzehrt! Und die große Gänseleber, die Kapaunen und Poularden wurden bereits in der Republik und nicht erst in der späten Kaiserzeit verspeist. Andere sagen, die Römer seien an ihrem Zinngeschirr zugrundegegangen, das Krebs erzeugt, so wie das Gegrillte auch in dieser Hinsicht sehr belastend und verdächtig sei. Sicher aber sind sie an der Übertreibung und dem Verlust der *temperantia*, des Mittelmaßes beim Essen, Trinken, Singen und Lieben, ihrer Gastromanie und ihrer permissiven sexuellen Praxis gescheitert.

Es war mir indessen völlig klar, daß ein Geschlechtswissenschaftler, der mir bei meinen Vorarbeiten für das große Grillspektakel zugesehen hätte, auch dabei manch Zweideutiges, jedenfalls Ersatzhandlungen gesehen haben wollen hätte können, wie ja die erste Fähigkeit und Berufsvoraussetzung für einen Sexualwissenschaftler gewissermaßen die »schmutzige Phantasie« ist. Der Psychiater aber sieht in allem die Verdrängung der »Penetration«. Ganz egal, wie der Griller, der Mann am Grill nämlich, die Kohlenzange in die Hand nimmt, es wird deutlich und ersichtlich, daß er nicht bloß heftig in die Kohlen stößt, sondern wahrscheinlich stochert und wütet er im Unterbewußten gegen Nebenbuhler, räumt wie Odysseus unter den Freiern der Penelope auf, attackiert wie Ödipus seinen Vater. Und legt er ein saftiges Stück Fleisch auf den Rost, so legt er nicht nur dieses Stück Fleisch auf den Rost, sondern er legt seinen Vorgesetzten auf das Gitter, hält ihn nieder, drückt ihn gegen die Stäbe.

Wie die Häscher des heiligen Laurentius geht er zu Werke, jenes Märtyrers Laurentius, der bekanntlich seine Peiniger bat, sie möchten ihn jetzt umdrehen, er sei auf der einen Seite schon durch! »Der Braten ist jetzt fertig, dreh ihn um und iß«, soll Laurentius, der spanische Nationalheilige, der freilich ein Römer gewesen sein dürfte und über den man blutwenig Authentisches weiß, dem aber viele satirische, ja sarkastische Sprüche nachgesagt und Legenden nachgerühmt werden, gespottet haben. Als der Kaiser Valerian im 3. Jahrhundert den Diakon Laurentius zwingen wollte, den Kirchenschatz, den er für seinen Vorgesetzten, Papst Sixtus II. (257—58), verwaltete, herauszugeben, verteilt Laurentius alles Geld an die Armen und führt die durch dieses Geld gesättigten und geheilten Menschen dem Kaiser als den Kirchenschatz vor. Er erlaubte sich dem Kaiser gegenüber noch andere Dinge, bis er schließlich auf dem Rost gemartert wurde. In Spanien aber genoß Laurentius, der Römer, eine solche Verehrung, daß König Philipp II. in der zweiten Hälfte des 16. Jahrhunderts sein Königsschloß, den Escorial, auf einem Rost als Grundriß erbauen ließ! Das gibt natürlich sehr zu denken, und des Analogisierens wäre kein Ende, ginge man diesen Umstand andächtig durch. Der König auf dem Rost, der Herrscher, der im Staatsdienst schmort, der das Regieren als ein Martyrium empfindet. Nachdem den Regierenden die Macht aber so süß schmeckt und sie von dieser Süßspeise nicht und nicht lassen können, Ämter und Funktionen anhäufen, müßten ihre Häuser, die Parlamente, eher wie Freudenhäuser und Lusthäuser strukturiert sein.

Die modernen Parlamente geben sich meist grie-

chisch antik, tempelartig, Säulen sieht man und wird auch sonst an die Akropolis erinnert. Etwas Unpassenderes aber kann man sich für die modernen Parlamente, wo kulturpolitisch ständig gegen die humanistische Bildung, das Lateinische und das Griechische gekämpft wird, nicht vorstellen. Die römischen Philosophen, die in Stein gemeißelt an der Aufgangsrampe sitzen, hätten sich auch längst umgedreht und wären von den Sockeln gesprungen, wenn sie nicht gerade Meister des Gleichmuts wären und die Gemütsruhe nicht ihr philosophisches Hauptthema gewesen wäre. So sitzen sie stoisch und gelassen da und lassen die unrömischen Abgeordneten defilieren und passieren und denken sich ihr Teil.
Oft, wenn ich in die Hauptstadt komme, um in die Nationalbibliothek zu gehen, statte ich auch den griechischen und römischen Philosophen und Staatsmännern auf der Rampe des Parlaments einen Besuch ab. Und gern verweile ich ein wenig bei Heraklit, um ihm Trost zuzusprechen. Er scheint sich besonders unwohl zu fühlen in dieser fremden Atmosphäre, diesem kalten und rauhen Klima in Norikum. Hier also hat man ihn hingesetzt, den »Dunklen« *(Skoteinos),* wie ihn die Alten bereits genannt haben, weil er schwer verständlich schreibt, so daß schon Sokrates sagen konnte, das, was er vom Werk des Heraklit aus Ephesos verstanden habe, sei ausgezeichnet, und von dem, was er nicht verstanden habe, nehme er es auch an. Und Sokrates sagte bekanntlich auch,

die Werke des Heraklit verlangten einen »tüchtigen Schwimmer«. Hier also muß er sitzen, vor einem Parlament der Volksvertreter, wo er einer der glühendsten Verächter des *Demos*, also der Masse war, so daß man ihn auch den *Ochloloidoros* nannte. Was würde sich Heraklit aber denken angesichts der vielen »Nichtschwimmer«, die an ihm vorbeihasten, der vielen Hinterbänkler in den Trachtenanzügen, der dicken Betriebsräte mit den ungeistigen Gesichtern. Er wäre nicht der Ochloloidoros, wenn er nicht schon oft gern Feuer! geschrieben hätte, aber weniger im Sinne der Naturphilosophie, in der er ja die feurige Partei vertritt, neben Thales von Milet, der die Wässerigen anführt, sondern mehr als Pyrophiler oder Pyromane.
Anfangs dachte ich auch an einen Politiker, den ich zu unserer Grillparty einladen hätte können. Sah ich aber diese Möglichkeit genauer an, so war sie mir sehr schnell zur absoluten Unmöglichkeit geworden, und es war bei den Währingers geblieben, die nicht nur zur *Auswahl,* sondern auch zur *Verfügung* standen. Die Währingers waren zwar »zweite Wahl«, aber für mich, der ich mich selbst nie als »erste Wahl« überschätzte, war gerade die zweite Wahl erste Wahl. Den hohen Politikern gegenüber aber befand ich mich zeitlebens in der Position des Wählers und des »Wahlvolks«. Eine Einladung zum »Stimmvieh« aber wollte ich keinem hochgestellten Bundespolitiker zumuten. Das kleine Plätzchen vor unserem Einfamilienhäuschen

wäre auch zu klein für eine Staatslimousine gewesen. Einen geräumigen Mercedes könnte man auf keinem der niedlichen Parkplätzchen vor den Eigenheimchen unserer Siedlungen abstellen. Ein wirklich hoher und einflußreicher Politiker kam somit nicht in Frage, schon weil wir ihn nicht hätten einparken können, einen unwichtigen kleinen Kommunalpolitiker aber wollte ich mir auch nicht antun. Fahrradfahrer sind wir selbst. Die Stadtpolitiker kennen außerdem »die Sorgen und Nöte« der kleinen Siedler. Ihre Leistungen sind andererseits auch wieder nicht so fulminant, daß man sie mit einem Feuerwerk und einem Festessen dafür belohnen, mit einem Feuer feiern möchte. So hatte ich mir den kleinen Magistratspolitiker schnell aus dem Kopf geschlagen, bevor er sich dort überhaupt festsetzen konnte. Auf die Idee, vielleicht einen Politiker einzuladen, hatte mich das wohl nicht ganz unbillige, jedenfalls verständliche Bedürfnis des kleinen Bürgers geführt, es einmal den großen Bürgervertretern hineinzusagen, als kleiner Mann auf die große Politik Einfluß zu nehmen, mit dem gesunden Hausverstand eines Haus- oder Häuselbauers dem hohen und hochgestochenen »homo politicus« die öffentliche Meinung zu sagen. Schon die Umstände und Umständlichkeiten aber, wie man sich einem Hohen nähert, ließen mich diesen Plan verwerfen. Ich wollte nicht in einem Büro anrufen, in irgendwelchen Vorzimmern um einen Termin ersuchen. Das wäre mir, einem Liebhaber des Unumwunde-

nen in Rede und Tat, zu »umwunden« und geschwollen vorgekommen.
Und dann setzt man sich mit einer solchen Einladung auch Verdächtigungen aus. Denn natürlich könnte sich der Hohe da oben fragen, wie kommt der Niedere da unten dazu, mich einzuladen, habe ich ihn vielleicht einmal eingeladen? Man mußte also davon ausgehen, daß eine derartige Invitation nur als eine terminliche Belästigung empfunden worden wäre. Der Einladende, der zu hoch greift — und die Politiker sind sicherlich die gesellschaftliche Spitze im Staat und in der sogenannten High-Society —, setzt sich auch dem Vorwurf und Verdacht aus, sich ein ungerechtfertigtes Ansehen verschaffen zu wollen. Den Politikern wird bei aller Kritik ja doch meistens »schön getan«, ihnen wird »gehuldigt«, in vielen Clubs und Zirkeln reißt man sich um sie, als Mitglieder oder Besucher. Wer möchte nicht mit dem Landeshauptmann per du sein! Wir haben in unserer Siedlung einen solchen Du-Freund des Landeshauptmannes. Mir aber lag nicht an einer solchen »Huldigung«, wie ich auch keine »Huld« erwartet hätte. Politiker aber rechnen damit und müssen damit rechnen, daß sich jede Kontaktnahme und jede Einladung, ja jeder Gruß schließlich zu einer Supplikation, einer Bitte um huldvolle und gnädige Unterstützung dieser Eingabe oder jenes Ansuchens oder Gesuchs, das bei dieser oder jener Behörde liegt, auswächst. Allein der Gedanke, daß in einem von mir allenfalls eingeladenen

hohen Politiker dieser zugegebenermaßen naheliegende Verdacht aufkeimen hätte können, ja müssen, hatte mir auf der Stelle den Gedanken an eine solche Einladung unmöglich gemacht. Besonders zuwider war mir bei meinen Überlegungen auch der Gedanke gewesen, daß alle Politiker Parteipolitiker sind, daß sie also immer und überall weniger sich selbst als die Partei repräsentieren und nicht eine eigene Meinung, sondern die Meinung und Gesinnung ihrer »Gesinnungsgemeinschaft« einnehmen und vertreten. Die Parteilinie ist den Parteipolitikern wie ein Gewissen einprogrammiert, sie stehen ständig unter Klubzwang. Eine gezwungene Unterhaltung beim Grillen mit einem mit der Parteibrille wollte ich mir aber nicht anhören und antun. Wenn ich auf die Meinung einer Partei neugierig wäre, würde ich mir eine Parteizeitung halten. Eine Parteizeitung aber würde ich mir nie halten und abonnieren, mit einer Parteizeitung hätte ich nicht einmal den Grill anfeuern wollen. Mit ihrer Parteimeinung konnten die Politiker daheim bleiben. Der ganze Krampf und »Zwang« der Politiker liegt aber darin, daß sie sich eine Parteipresse halten, daß sie also entweder eine *Partei*presse haben oder eine *schlechte* Presse. Die freie Presse ist den Politikern immer eine schlechte Presse, entweder also *Jubel*presse oder *Trubel*- und *trouble*-Presse.
Ich aber hätte weder *huldigen* noch *betteln*, weder *schmeicheln* noch aber auch *stänkern* wollen, sondern vernünftig und kritisch mit einem politi-

schen Menschen, der an einer entscheidenden Stelle amtiert und nicht nur für die Salzstreuung oder den Kanal zuständig ist, reden wollen, unpolemisch, aber doch streitbar und nicht konfliktscheu. Vor Ihrem oder unserem Parlament, hätte ich dem Parlamentsabgeordneten gesagt, sitzt der große Heraklit, und von diesem stammt der Grundsatz: *Polemos panton men pateresti panton de basileus.* Der Unterrichtsminister müßte wissen, was das auf deutsch heißt: »Der Krieg ist der Vater und Herrscher aller Dinge.« Es käme somit auf eine Konfliktkultur an, ein hartes, aber faires Austragen von Gegensätzen. Die weltanschaulichen Positionen müßten ernst und ehrlich sein und die Austragung der Gegensätze kein bloßes parlamentarisches Theater, keine Scheingefechte, kein Manöver, an Ort und Stelle und nicht hinter den Kulissen sollten die Entscheidungen gefunden und gefällt werden.
Meine Frau aber hatte gesagt, als wir alle möglichen »Kandidaten« für unsere Grillparty durchgingen, Einzelpersonen oder Berufsstände und »Klassen«, ich ginge ganz falsch und ganz anders als sie an das Fest heran, ihr gehe es darum, aus dem gesellschaftlichen Out herauszukommen, die Isolierung zu überwinden, Kontakte zu knüpfen, Freundschaften zu stiften oder zu erneuern, ich aber suchte offensichtlich jemanden, dem ich die Meinung sagen und den ich beleidigen könne. Sie sagte aber, sie sehe ein, daß niemand, und auch kein Politiker, eine besondere Lust verspüre,

sich von einem »Stammtischpolitiker«, wie sie sagte, belehren, und daß kein Unterrichtsminister ein besonderes Verlangen empfinde, sich von einem Volksbibliothekar belehren und unterweisen zu lassen. Ich möchte offenbar andere vor meinen Grill wie vor die Schranken der Justiz zitieren. Sie, Hera, habe ein Fest im Sinn, ich aber einen Gerichtstag und ein Tribunal, vielleicht auch ein Hearing. Eine Anhörung aber höchstens in dem Sinn, daß sich die Zitierten *mich* anhören müßten und nicht umgekehrt. Mir gehe ein bestimmter Ruf voraus, ich sei in dieser Hinsicht leider kein unbeschriebenes Blatt mehr, sondern schon schlecht beleumundet. Gemütlich aber könne es nur werden, wenn man anderen auch einmal etwas nachsehe, nicht immer auf den lieben Mitmenschen herumhacke. Ich aber sagte, ich möchte den Festteilnehmern gern etwas verzeihen, aber ich möchte doch niemanden, keine Person oder keine Personengruppe, einladen, der ich von Haus aus zuviel, sozusagen Tonnen von Fehlern, Hekatomben von Lastern, verzeihen muß, Personen, die einen solchen Berg von Untugenden um sich angehäuft haben, daß ich darüber nicht hinwegsehen und sie gar nicht mehr in den Blick bekommen könnte. Man kann die eigene Toleranz nicht überstrapazieren. Man sieht heute aber so viele öffentliche Sünder, hohe Politiker etwa, die im Konkubinat oder überhaupt polygam leben, daß es schwer verhält, das öffentliche Thema im privaten Gespräch zu vermeiden. Die Politiker, um nur von ihnen zu sprechen, sind in so viele Affären verwickelt, die man früher *Skandale,* heute »gesellschaftliches Leben« nennt, daß sich die Gedanken daran unliebsam in den Vordergrund schieben. Wie gerne würde ich etwa einmal mit einem Maßgeblichen über die moderne Landwirtschaft reden, sagte ich zu meiner Frau, ich würde also brennend gern mit einem Agrarier das Problem der Strohverbrennung besprechen, die wir hier am Stadtrand ja jährlich bis vor die Haustür erleben, ich würde gerne meine Meinung darüber sagen, vor allem als ein Betroffener auch unsere Leiden schildern. Der Staatssekretär aber, der dafür im Landwirtschaftsministerium zuständig ist und als Gesprächspartner in Frage kommt, ist gerade erst kürzlich dadurch unliebsam aufgefallen, daß er während einer großen Landwirtschaftsdebatte, in der es um Leben und Tod der kleinen Bauern ging, nicht anwesend war und zur gleichen Zeit in einer Sauna gesehen wurde. Lade ich mir diesen Staatssekretär ein, so kann ich gar nicht über das Strohverbrennen reden, obwohl ich mit ihm über das Strohverbrennen reden möchte, weil ich ihn immer, wenn ich ihn anblicke, nackt in der Sauna sitzen sehe. Während ich also von der Unsitte des Nichteinbringens von Stroh und der Mode gewordenen Vernichtung durch Anzünden und Abflammen rede oder reden will, sehe ich den Herrn Staatssekretär bloß bloß schwitzen.

Und er kann sagen, was er will, von der Wiederverwertung, neuen Brennöfen, Allesbrennern und

Universalheizmaterialkesseln, Strohpressen dieser oder jener Landmaschinenfabrik, der Schonung des mikrobiologischen Klimas oder auch der Unbedenklichkeit der Strohverbrennung, mich irritiert und lenkt ab, daß er sich eine solche Blöße geben konnte, eine wichtige Agrardebatte zu versäumen und statt dessen in einer öffentlichen Sauna einen öffentlichen Skandal zu liefern.

Und natürlich müßte man auch mit anderen Politikern aus der Provinz, unabhängig von der parteipolitischen Provenienz, darüber sprechen oder doch daran denken, *wie* sie ihre Abwesenheiten von daheim und ihre Aufenthalte in der Bundeshauptstadt absolvieren und verbringen. Das Parlament ist fast immer halbleer, und nicht immer sind Pflichtenkollisionen der Grund für Absenzen; oft sind es nicht *Pflichten*kollisionen, sondern Kollisionen zwischen Pflicht und *Neigung*, wobei nicht selten die Neigung überwiegt und obsiegt. Es ist bekannt geworden, daß Abgeordnete den Kameramann des Fernsehens bestachen, so daß er zwischen dieser und jener Stunde nicht in der Totale über das »Plenum« fuhr, damit sie die daheimgebliebenen Gattinnen nicht über die Direktübertragungen aus dem »Hohen Haus« *direkt* kontrollieren konnten. Dann hätte die Gnädige nämlich gesehen, daß der Abgeordnete offenbar wirklich *ab*geordnet war. In den Ausschüssen, sagen die abwesenden Abgeordneten, in den Ausschüssen geschieht die eigentliche Parlamentsarbeit. Ich war im Ausschuß, sagen die Parlamentarier zu ihren Gattinnen, die sich wundern, daß sie ihre Männer im Fernsehen nicht ferngesehen haben ...

Natürlich bietet eine große Stadt heute viele Möglichkeiten der Ablenkung, und ich könnte mir persönlich auch etwas Lustigeres vorstellen als eine Debatte über die Senkung des Hilflosenzuschusses. Nur wenn es wirklich brennt, gibt es plötzlich ein volles Haus, es fallen aber natürlich nicht täglich Probleme von nationaler Tragweite an, die Bagetellen sind in der Überzahl. Die Agrarstaatssekretäre kann man sich an sich nur in Tracht, im Steireranzug im wesentlichen, vorstellen, der Staatssekretär hat aber seinen Steireranzug damals in der Garderobe der Sauna abgegeben und ein trauriges Schauspiel geboten. Nackt wie der heilige Laurentius saß der Herr Staatssekretär auf dem Rost, wenn auch dem Lattenrost, und im Schweiße nicht nur des Angesichtes dachte er in jenem kleinen Haus, dem Schwitzkasten, an das Hohe Haus, wo er eigentlich sein sollte, aber nicht wollte, heute nicht wollte. Die Kollegen mögen ihm den nassen Buckel hinunterrutschen, mag er sich gedacht haben, wenn nicht etwas noch Bäurischeres, Derberes und Deftigeres. Vielleicht hat er aber auch mit Wehmut an zu Hause gedacht, seinen eigenen Bauernhof, wo seine Frau und einige Helfer sein Fehlen durch besondere Tatkraft ersetzen mußten, wie es ja bereits Ludwig Thoma in »Jozef Filsers Briefwexel« so eindrucksvoll beschrieben hat! Nur die Ablenkungen der

Parlamentarier in München und anderen Städten sind andere geworden, die Gesinnungen wie die Menschen überhaupt sind natürlich gleich geblieben.

Wie gern hätte ich einmal mit einem Veterinär über das PSE-Fleisch sprechen wollen, jenes durch Zufuhr von Hormonen zustandegekommene wässerige Fleisch, das, wenn man es in die Pfanne wirft, dort praktisch verschwindet, verschmort und verkocht. Halb schmolz es hin, halb sank es hin. Natürlich wäre für diesen Kritikpunkt auch ein Agrarier in Frage gekommen, aber weder der Staatssekretär noch der Veterinär standen mir zur Verfügung, kamen aus den genannten Gründen in Frage. Gegen den Tierarzt war auch meine Frau gewesen. Mich selbst hielt von einer Einladung eines Mediziners oder eines Veterinärmediziners auch ab, daß sich diese Leute praktisch immer im Dienst befinden, wenn sie nicht gerade Urlaub machen, was sie ausgiebig tun, auf den Malediven oder auf Teneriffa. Sind sie aber im Land, so sind sie auch im Dienst, und sind sie im Dienst, so haben sie heute ihre sogenannten Piepserl in der Tasche. Und es gibt keine Veranstaltung am Land, bei der einer der Mediziner, der humane oder der veterinäre, anwesend ist, wo das Piepserl nicht anschlägt und der Heilkundige zu einem Kranken, einem Tier oder einem Menschen, je nachdem, gerufen wird. Sitzt du auf dem Land im Kino und genießt einen Film, so kannst du sicher sein, daß gerade an der spannendsten Stelle des Films plötzlich in deiner Nachbarschaft das

Funkgerät des Arztes ganz häßlich zu tuten anfängt. Manchmal habe ich schon den Eindruck, die Ärzte und Tierärzte benützen ihr Funkgerät auch mißbräuchlich dazu, sich selbst, wenn ihnen wo langweilig ist, wegzuholen und abzuberufen, vermutlich schalten sie das Piepserl selbst ein oder geben ihrer Frau daheim schon vor dem Weggehen Order, sie nach einer Stunde aufzuscheuchen. Eine Stunde, mögen die geplagten, nicht nur durch den ärztlichen Dienst, sondern auch durch vielerlei Einladungen geplagten, im sogenannten »Streß« lebenden Ärzte denken, eine Stunde reicht für diesen Feuerwehrball, dieses Musikkränzchen, dieses Preiskegeln, diese Hochzeit, diese Grillparty oder dieses Totenmahl. Nach einer Stunde, wenn nicht früher, schlägt dann das Gerät an, spricht an. Und schon erhebt sich der Herr Doktor, macht nach allen Seiten hin Gesten des Bedauerns und der Entschuldigung wegen der Störung und verschwindet. Wie habe ich die Ärzte, zugegebenermaßen, oft um diese Möglichkeit beneidet! Ein Bibliothekar wie ich hat leider keinen plausiblen Grund, sich ein solches Gerät anzuschaffen und von der Steuer abzuschreiben. Einem Bibliothekar pressiert es nie, er hat immer Zeit, bearbeitet er ein Buch nicht heute, dann morgen, und bestellt er es nicht jetzt, dann später. Es müßte schon die Bibliothek brennen, daß es schnell gehen müßte. In einem solchen Fall würde die Bibliotheksverwaltung oder der Hausmeister aber sicher auch einsichtigerweise eher die Feuerwehr als die Bibliothekare verständigen und alarmieren.

Als die große Bibliothek in Alexandria brannte, hat man weder die Bibliothekare noch die Feuerwehr verständigt. Oft denke ich an dieses Unglück und an diese Bibliothek, die jenes Schadenfeuer vernichtet hat. Man sagt oft obenhin und leichtsinnig »unwiederbringlich«, hier aber traf es zu, das Feuer vernichtete ein Gutteil des Wissens der Menschen der alten Welt und warf die Welt wissensmäßig um Jahrhunderte zurück. Als das Museion und das Serapeion in Alexandria brannten, die Großbibliotheken, die Ptolemaios I. und Ptolemaios II. gegründet hatten, und an die 700 000 Papyrusrollen in Brand aufgingen, war niemand zur Stelle, keine Feuerwehr, und es hatte auch niemand ein Funkgerät, auch der große Dichterbibliothekar Kallimachos war leider mit keinem Piepserl ausgestattet.
Die Ärzte und Tierärzte aber verwenden ihr Gerät heute sehr oft, um der Konfrontation oder der Langeweile zu entgehen. Stünde etwa ein Veterinär vor meinem Grill, hatte ich mir überlegt, und ich schnitte das naheliegende Thema des Fleisches und der Tierfütterung, der Tierhaltung an, also irgendeines der heiklen Themen, der Tabuthemen, so würde der Herr Doktor vielleicht kurz gequält dreinschauen, von einem Fuß auf den anderen steigen, faßte ich aber nach und würde ich konkret und deutlich, so würde er heimlich selbst den Funkmechanismus auslösen und bedauernd sagen, seine Frau rufe ihn zurück, die Pflicht rufe, sicher könne wieder irgendwo eine Kuh nicht kalben, und er müsse nachhelfen. Und ich wäre allein an meinem Grill gestanden, und

wir hätten die großen Portionen Fleisch selbst essen und verdrücken müssen, dieses moderne Fleisch, bei dem einem so leicht schlecht wird. Ich wollte aber nicht auf dem Fleisch oder den Käsekrainern sitzenbleiben, darum habe ich natürlich davon Abstand genommen, den Tierarzt oder den Arzt einzuladen, die Währingers, dachte ich, werden standhalten, Lehrer sind heute Widerspruch und Anfeindungen gewöhnt, wenn ich mich auch bezähmen wollte und das Gespräch über den Zustand der Welt und der Pädagogik in einem moderaten und zivilen Ton zu gestalten gedachte.
Ein Lehrer hat sicher kein Funkgerät in der Tasche, von dem er aufgescheucht werden könnte. Obwohl es heute junge Lehrer gibt, die wie die Schüler mit dem sogenannten *Walkman* an den Ohren der Schule zustreben und auch nichts mehr hören und hören wollen als die laute Populärmusik. *Pop* von lateinisch *populus,* »das Volk«, griechisch *ochlos,* »der Pöbel«, das war es, was Heraklit so verachtete und verabscheute, daß sie ihn den *Ochloloidoros* nannten, den *Pophater,* würde man vielleicht heute sagen, worunter nicht nur der musikalische Geschmack des Volkes, des Jungvolkes, angesprochen sein soll. »Walkman« also nennen die jungen Lehrer und Jugendlichen heute ihre Kopfhörer, die sie nicht nur mit Musik versorgen, sondern vor allem auch vor dem Lärm der Welt, dem Verkehrslärm und dem Getöse der Erwachsenen, schützen sollen, die Jugendlichen wollen von dieser ekelhaften Welt nichts hören und wissen. Und

obwohl ich hierin mitfühlen kann, ganz tief mitfühlen, weil ich die nervöse Hektik der Leistungsgesellschaft von Herzen hasse, obwohl ich also den defensiven Teil der »Walkmanideologie« nur zu gut verstehe, ist mir jene Musik, die diesen akustischen Freiraum besetzt, total unverständlich, die Kinder wollen den Lärm nicht hören und betäuben sich mit einem noch viel mörderischeren Krawall. Es gehört zum Wesen der sogenannten Popmusik, daß sie *laut,* nicht nur unmoduliert laut, sondern auch noch *verstärkt* ist. Mir aber ist das dramatisch Laute nur als Kontrast zum Leisen, Meditativen verständlich, laut und leise, »Laut und Luise« müssen sich ablösen, ergänzen, ineinander übergehen, miteinander in Kooperation treten, das Heftige muß besänftigt, das Leise durch dynamische Akzente, kontrapunktisch gegenübergestellte, emphatisch prononcierende Passagen vom »fastidium«, wie die Alten die Langeweile aufgrund übertriebener Homogenität im gedämpften Bereich genannt haben, bewahrt und befreit werden. So wie ein Mensch, der ewig lächelt, oder ein Mensch, der immer leise ist und keine Bewegung und keine Erregung zeigt, langweilig ist, so ist auch eine Musik in meinen Augen fad und langweilig, die nur eine Stärke und einen Grad kennt. *Gradatio, Emphase* nennt man in der Rhetorik die Steigerung, die Betonung und das Nachdrücklichwerden, sie mußten aber sinnvollerweise sparsam und wirkungsvoll eingesetzt werden. Stufenweise Steigerung, auf-klingen und ab-klingen muß die Musik, sie muß, mit Goethe gesprochen, die *Steigerung* kennen, den Höhepunkt. Eine Musik, die nur Höhepunkte kennt, ist keine gute Musik, sondern ein Exzeß, ein musikalisches Monstrum und ein Unding. Nach diesem Muster aber scheint mir die neue Unterhaltungsmusik der Jugendlichen gestrickt, nicht mehr abwechselnd glatt und verkehrt, sondern nur noch verkehrt. Und lieber als dieses musikalische Getöse würde ich mir immer noch das Rauschen und Crescendo vorbeifahrender Züge anhören, das Fortissimo der sogenannten Brummer, denn der, der sich jene laute Unterhaltungsmusik antut, tut sich in der Kunst das Leben an, wenn wir von Kunst sprechen wollen. Ich sehe aber nicht ein, warum ich mich im Konzertsaal quälen lassen soll, in der Diskothek drangsalieren.

Natürlich wäre für diesen Teil meiner Unzufriedenheit vor allem ein Musiklehrer der richtige Adressat gewesen, aber leider kannte ich keinen, ich rechnete aber damit, daß vielleicht der Währinger, der Deutsch unterrichtet, meine diesbezüglichen Überlegungen seinen Musikkollegen weitergeben und übermitteln würde. Er könnte sie, hatte ich gedacht, in meinem Namen fragen, warum es ihnen nicht gelingt, den Kindern und Jugendlichen einen besseren musikalischen Geschmack beizubringen oder gegen die gröbsten und lautesten Auswüchse der modernen Unterhaltungsmusik zu immunisieren. *Walkman,* das klinge wie »Wandersmann«, geradezu romantisch, nach Begleiter auf einsamen Wegen, wo du hingehst, da will auch ich hingehen, und man könnte meinen, daß die Jugendlichen »Wem Gott will rechte Gunst erweisen« oder »Aus grauer Städte Mauern« oder vielleicht auch Franz Schuberts »Am Brunnen vor dem Tore« oder »Hoch auf dem gelben Wagen« in ihren Kassetten hätten, aber weit gefehlt, sie haben nicht diese *Volks*lieder, sondern *Pop*musik in den Kassetten, und obwohl *Pop* »Volk« bedeutet, hat die Popmusik mit der Volksmusik und den Volksliedern nichts zu tun. Wenn das Popkonzert am Schluß das alleinige Traumziel und der Endpunkt der musikalischen Erwartungen der Jugendlichen ist, dann hat sich die Schule mit ihrem Musikunterricht wieder einmal als »kontraproduktiv« erwiesen. Es gibt Lästerer unseres Schulwesens, die der provokanten Meinung sind, daß die Schule überhaupt nur noch kontraproduktiv sei. Die Deutschlehrer unterrichten Literatur, reden von Goethe und Schiller, und kein Jugendlicher liest später noch einmal in einen Klassiker hinein, der Religionslehrer strengt sich an, und die Jugendlichen sind und bleiben areligiös, der Musiklehrer läßt Beethoven und Mozart erklingen, und die Jugendlichen legen in ihre Kassetten ausschließlich Pop ein. Will man die Jugendlichen also von etwas abbringen, will man ihnen etwas verleidet machen, so muß man es in der Schule vortragen lassen, die Schule ist todsicher kontraproduktiv. Die Schüler interessieren sich nur für das Vorenthaltene. Und es ist sicher kein Zufall, daß es so viele Pennälerfilme gibt, wo vom Schulbrand die Rede ist. Hurra, die Schule brennt! Und wenn die Schule brennt, dann haben sie nicht selten auch Schüler angezündet und auf diese Weise zu erkennen gegeben, was sie von dieser Institution halten.

Wenn ich von den Menschen, ja nicht nur den Menschen, sondern der Menschheit genug habe, einen Überdruß und Ekel nicht nur angesichts einiger besonders widerlicher Exemplare der Gattung, sondern der Gattung, der Art der Gattung, der naturgegebenen Unart dieser Spezies, mich eingeschlossen, dann suche ich die Einsamkeit, aber natürlich ohne Walkman. Denn dichter dran an der Menschenwelt kann ein Mensch nicht sein, als wenn er sich einen Kopfhörer aufs Haupt steckt. Er hat mit diesem Ding ein sogenanntes intelligentes Produkt, wahrscheinlich der Japaner oder Amerikaner, um die Ohren, einen kleinen, aber teuren und damit unsere Handelsbilanz negativ beeinflussenden Artikel, ein Importprodukt. Und auch das, was die Ohren in seinen Kopf importieren, das heißt ja »hineintragen«, ist *importiert,* und auch dafür muß das Hirn teuer zahlen. Die englischen Schlagertexte sind nicht intelligenter als die deutschen, und das Beste, was man für den jungen Menschen hoffen kann, ist, daß er sie nicht versteht. Jedenfalls hat jenen akustischen Aussteiger, der sich vor der Außenwelt, vor allem der Erwachsenenwelt, durch seinen Taubmacher zu schützen und zu schirmen meint, die Großindustrie voll an der elektrischen Leine, das Kabel, das vom Kassettenrekorder in der Tasche zum Kopfhörer führt, diese Freileitung aus der Richtung des Animalischen und Geschlechtlichen zum Intellekt, oder doch jenem Ort, wo er sich befinden sollte, ist das Gängelband der Konsumindustrie, und diese Leine ist kurz. Der Konsument ist der ausgelieferte, der sich ausliefernde Mensch schlechthin, er stürzt sich in Unkosten und Schulden zum Gefallen anderer, er ist der Fremdbestimmte, er ist seiner nicht mächtig, er besitzt nicht mehr die »Vollmacht«, weder über sich noch über sein Konto, das er geöffnet und durch Abbuchungen und Einziehungsaufträge der Industrie, der Musikindustrie zugänglich gemacht hat. Statt sich aber den Kopfhörer aus dem Kopf zu schlagen und das Moped abzustellen und überhaupt abzubestellen und erst gar nicht zu bestellen und in den Wald zu gehen, um dort gratis und franko dem Rauschen der Bäume und dem Gesang der Vögel, der Nachtigall und der Amsel zuzuhören, vielleicht sogar eine Ahnung und einen Anflug und Hauch der Sphärenmusik der Unendlichkeit zu erleben, drehen die Burschen und Mädchen heute voll auf, das Gerät Sony und die Yamaha. Und so dröhnt der Discosound in Stereo und in Quadrophonie durch den Akustikkopf. So wird der Kopf zum Tonkopf.

Der Industrie können wir alle miteinander nicht, die Jugendlichen nicht und nicht die Erwachsenen, entfliehen. In der Werbung wird denen, die nicht auf Teufel komm raus, auf Kühlschrank und Geschirrspüler komm raus konsumieren, ein schlechtes Gewissen gemacht. Zwischen den Werbeeinschaltungen der Industrie kommt immer wieder in geradezu regelmäßigen Abständen eine Banken- oder Sparkassenwerbung. Jetzt weiß der Beworbene auch, wie er die überflüssigen Produkte finanzieren kann. Es hat mich immer verwundert, und ich hätte es gerne einmal einem Menschen der Bankbranche gesagt, daß die Bankfilialen trotz der Rationalisierung und des Einsatzes von Elektronischer Datenverarbeitung und Computer immer mehr werden, sie schießen aus der Erde wie die Pilze nach dem Regen. Es gibt keinen größeren Wohnblock mehr, in dem sich nicht auch mindestens eine Bank befindet. Die Banken sind den Menschen wahrhaftig *entgegengekommen,* ja sie sind ihnen »auf den Leib gerückt«; man kann ihnen nicht entkommen, sie lauern an jeder Ecke. Und sie lauern natürlich vor allem den wehrlosen Jugendlichen auf, der Lehrling hat noch kein Geld und noch nicht den ersten Lohn, oft noch nicht einmal eine Lehrstelle, da hat ihm auch schon irgendein Institut ein Konto und eine Nummer verpaßt. Jetzt ist er bereits im Computer, und kommt nichts, ereignen sich keine Bewegungen auf dem neueingerichteten »Speicherplatz«, dann sendet die Rechenmaschine von Zeit zu Zeit bedrohliche rote Signale. Der Computer ist dahingehend programmiert, daß er solche für die Banken bedrohliche Ruhe- und Stornoindizien mit nervösen Signalen beantwortet. Nichts kann der Großrechner schwerer ertragen als solche Kleinrechnungen oder überhaupt die Ruhe und den Stillstand. Es muß sich etwas bewegen auf den Konten, und zwar in eine ganz bestimmte Richtung, am liebsten sind dem Rechner natürlich die Kontoüberzieher, jene, die laufend ihr Gehaltskonto überziehen, die den sogenannten Kreditrahmen ausschöpfen. Wenn er solche Operationen zu bewerkstelligen hat, wird er froh, da hört man ihn regelrecht wiehern vor Vergnügen. Tut sich auf einem Konto nichts, weder in die eine noch in die andere Richtung, kommt nichts und geht nichts, fließt nichts zu und nichts ab, so setzt ein Mutmaßeprogramm ein, und die Maschine wirft sogar einen Strategieplan für das Bedienungspersonal und die Schalterbeamten aus. Anbieten, Rückfragen, Inerinnerungbringen, Werben, Werbeoffensive. Wer den Kreditrahmen nicht ausschöpft, fällt genauso aus dem Rahmen wie einer, der seine Zins- und Zinseszinszahlungen nicht pünktlich leistet. Im letzten Fall wird der Großrechner besonders aggressiv, da kann es gefährlich werden, in seine Nähe zu kommen, den Zahlungsunwilligen und den Säumigen, den Gestundeten würde er am liebsten einen Stoß, einen Stromstoß, einen Elektroschock verabreichen! Ist einmal jener kritische Punkt erreicht, der Rahmen ausgeschöpft, ja mehr als ausgeschöpft, ein Zahlungstermin überstundet, die Überzeit und das

Zahlungsziel um mehr als die Toleranz und die Kulanz überschritten, dann insistiert und protestiert der Rechner durch ein intermittierendes Notlicht, ein flackerndes, fast schon abwechselndes, fast schon aufflackerndes Leuchten und Verfinstern ähnlich wie das Einsatzsignal der Feuerwehr oder der Rettungsambulanz. Und das SOS eines Schiffbrüchigen kann nicht erschütternder und herzerweichender sein. Brennt also ein Kunde ab oder ist er abgebrannt, so droht auch der Computer abzubrennen. Ist ein Kassier eines Sparvereins durchgebrannt und mit der Kasse verschwunden, so wird der Computer zur Höllenmaschine, zum feuerspeienden Vulkan, Gift und Galle schüttet er nun aus und nicht nur Dividenden oder Plus und Zehntelpunkte oder Zinsen, KIP durch 100. Mit einer gewissen Schadenfreude, die ich nicht verhehlen kann, lese ich manchmal, wenn ein Gerissener trotz aller maschinellen Kautelen, Sperren, Kontrollen und Blockadesysteme einen Bankcomputer überwitzt, wenn Computerpiraten, Codebrecher, Algol- oder Fortranfreaks in ein System eindringen, hinein- und dazwischenfunken und ein Großrechner einer Großbank gigantische Transferierungen und Transaktionen, geradezu Geldschübe ausführt, daß die Nationalbank zu wackeln beginnt. Denn nichts ist verschlüsselt und kodiert genug, daß nicht ein findiger Mensch den Zugang finden könnte.
Ich selbst habe mit dem Losungswort meines Sparbuches immer die größten Schwierigkeiten

gehabt. Als mich der Bankbeamte fragte, welches Losungswort ich für mein Sparbuch nehmen möchte, fiel mir zuerst mein Eigenname ein. *Feuerbach,* sagte ich. Das sei mein Name, aber kein Losungswort, sagte der Beamte. Ein Bibliothekar könne doch nicht um ein geistreiches, das heißt auch schwer erratbares Losungswort verlegen sein, meinte er. So wollte ich *Eichendorff* eintragen lassen. Das sei zwar nun nicht mein Name, aber auch ein Eigenname, sagte er, er sei möglich und denkbar. Auf Eichendorff, sagte ich, kommt heut keiner, sagte ich. Ein abgelegeneres Losungswort als *Goethe* könne es gar nicht geben.
Wenn ich beim Gedanken an die Banken und Vorschußkassen an meine eigene Finanzgebarung dachte, so fand ich leider auch nicht nur einen Grund, unzufrieden zu sein. Wenn ich allein diese neue Investition bedachte, die in Gestalt des Grillers vor mir stand, begann mich diese Geldanlage schon während des ersten Gebrauchs, bei der Vorbereitung der Gartenparty für die Währingers, zu reuen. Mir wurde klar, daß sich diese Investition niemals amortisieren würde. Der Griller würde »sich nicht rechnen«, wie es heute heißt, das wurde mir sehr schnell klar. Welchen Sinn hatte außerdem seine »Mobilität« und »Transportfähigkeit«, wenn ich ihn doch nicht weiter als von der Terrasse in den Keller befördern würde, aber kaum in unserer Stadtrandsiedlung auf die Reise schicken, von Haus zu Haus verleihen würde. Für dieses Geld, rechnete ich mir aus, während ich

mit dem Fön an einem Verlängerungskabel, das ich aus dem Vorhaus heraus vor das Haus gelegt hatte, ins Feuer blies, um die Flamme aufzustacheln, für dieses Geld hätte ich mir etliche Grillhühner in der sogenannten Brathendelstation oder »Hühnerboutique« kaufen können, ein ganzes Schwein hätte ich für dieses Geld bekommen oder eine Kilometerwurst, die diesen Namen auch verdient hätte. Aber das ist der Fluch des Eigensinns, des Eigentums, daß jeder sich alles kauft, statt einige Dinge genossenschaftlich anzuschaffen, wie es früher auf dem Land der Brauch war. Natürlich gibt es bei solchen genossenschaftlichen Nachbarschaftskäufen immer wieder gruppendynamische Probleme, weil ja der Einsatz etwa von Maschinen, die von mehreren gekauft werden, an bestimmte Zeiten gebunden ist. Erntemaschinen etwa werden zur Ernte benötigt, und die Ernte hat ihre feste, *kurze* Zeit. Scheint also die Sonne, so möchte jeder, regnet es, so kann keiner einbringen, damit ist der Konflikt vorprogrammiert. So hatten die Maschinenringe und Maschinengemeinschaften nicht selten zu viele Mitglieder. Und es trat erst dann eine gewisse Erleichterung ein, wenn einige aus dem Ring ausgekauft worden waren. Um den Ärger zu vermeiden und nicht auf das Wohlwollen anderer angewiesen zu sein, kauften sich schließlich diejenigen, die es sich leisten konnten, und leider auch viele, die es sich nicht leisten konnten, alles selbst und für sich. Das war natürlich wieder ein Bombenge-

schäft für die Banken, die nun reiche Ernte unter den Bauern hielten.
Einige Landwirte hatten derartige Schuldendienste, daß sie praktisch für das Geldinstitut arbeiteten, sie waren gewissermaßen die auswärtigen Mitarbeiter der Bank, die in Heimarbeit schufteten, wobei jeder weiß, wie schlecht gerade Heimarbeit seit alters her bezahlt wird. Jeder aber will *Eigentümer*, nicht bloß *Besitzer* oder gar nur *Mitbesitzer* sein. Die Menschen haben von alters her das Eigentum angestrebt, hierin drückt sich der Egoismus aus. *Privateigentum, eigen* und *privat* heißt die Devise, man will damit machen, was man will, keiner soll einem dreinreden können. Keiner soll einem zu nahe kommen dürfen. Wenn aber jemand zu denken anfängt, wird er unschwer erkennen, daß alles Besitzen und Besetzen und Zueigenhaben und Imeigentumsichbefinden eine recht nahe Grenze hat. Wir sind nur Gast auf Erden, und keiner kann etwas mitnehmen, ist das klar? Es ist uns meistens nicht klar.
Froh war ich nun freilich, daß ich nicht auch noch den automatischen Hühner- und Spanferkelwender mitgekauft hatte, den mir der Verkäufer einreden wollte. Es sei sehr praktisch, meinte er, wenn man das Fleisch nicht von Hand wenden müsse, sondern von einem Automaten bedient werde und man unbeteiligt danebenstehen oder sich mit etwas anderem befassen und abgeben könne. Eine Handkurbel, sagte ich, reiche mir, denn immer dann, wenn ich Grillen wolle, nähme ich mir auch die Zeit, ich hätte

nicht im Sinn, während des Grillens irgendwelche Bibliotheksarbeiten, wie Katalogzettelordnen oder Signaturenschreiben, zu leisten. Ich betrachtete das Grillen als müßiges Freizeit- und Hobbygeschäft und wollte auch »etwas von der Arbeit haben«. Ich erklärte dem Verkäufer, daß die Menschen den Fehler machten, alles zu verdrängen, die Zeiten zu überbrücken und so weiter, statt alles bewußt zu erleben und zu genießen. Wer das eher Unlustige wirklich unlustig absolviert und bloß hinter sich bringt und dabei nicht auch lebt und erlebt, der wirft sein halbes Leben weg, so wie wir das halbe Leben bereits verschlafen. Wenn einer die übrige Hälfte auch noch verdrängt und übertaucht, dann braucht er gleich gar nicht mehr aufzuwachen, und der vorgeburtliche Schlaf wird mit dem nachgeburtlichen Schlaf durch den Lebensschlaf verbunden. »Es gibt aber ein Leben vor dem Tod« — diesen Spontispruch würde ich unterschreiben, wenn ich auch nicht mit der Aversion dieses Spruchs gegen den Jenseitsglauben übereinstimme.
Anfangs dachte ich daran, »meinen Freund«, den ich bei der Versicherung habe, einzuladen, jenen immer um mich und meine Versicherungen besorgten, Tag und Nacht wegen verschiedener Unterversicherungen in schweren Nöten und Sorgen liegenden, mir Anpassungen, Zusatzversicherungen, Versicherungssummenerhöhungen vorschlagenden und mir mit alledem lästig fallenden Freund von der »Grazer Städtischen« einzuladen. Aber natürlich habe ich davon Abstand genommen, denn ich wollte nicht

über die Risiken des Grillens belehrt werden, Beispielfälle erzählt bekommen, wie im Burgenland ein mehrfacher Familienvater am Griller gestolpert und in die glühenden Kohlen gefallen sei, wie anderswo ein Fuß des Grillers in ein Maulwurfsloch gerutscht und der ganze Herd mit den wertvollen Fleischwaren in den Schmutz gefallen und unbrauchbar geworden und so ein Schaden von soundsoviel Schilling entstanden sei. Da ich also nicht mit allen diesen Eventualitäten oder Faktizitäten konfrontiert werden wollte, keine Annahmen und Konjunktive der Prävention und der Präservation, aber auch keine Indikative des Chaos und der Katastrophe hören, nicht mit dem »Möglichkeitssinn« eines Versicherungskaufmannes gelangweilt werden wollte, nahm ich von dieser Einladung Abstand.
Mir tun immer jene Personen leid, die den Versicherungskeilern ausgeliefert sind, die sogenannten Freunde und Verwandten bis zum siebenten Grad, die nicht umhin können, bei ihrem Bruder, Schwager, Vater oder Freund eine Versicherung abzuschließen, die sie an sich nicht wollen und nicht brauchen. Die ganze Versicherungswirtschaft basiert ja weitgehend auf solchen Nötigungen, denn zu den hauptamtlichen Versicherungsmenschen kommen die nebenberuflichen, und einer von diesen Hobbyversicherern wohnt immer in der Nähe und Nachbarschaft. Und dieser Bekannte fragt unweigerlich, nachdem er sich vielleicht ein Weilchen zurückgehalten hat, um nicht mit der Hausratsversicherung ins Haus zu fallen und so durch den

Schrecken, den er verursacht, einen Schaden anzurichten, wie es denn damit und damit versicherungsmäßig stünde. Sie haben da ein wertvolles X, ist es denn auch entsprechend versichert? Und schon hängt man an der Leine, man hat nichtsahnend mit dem netten Nachbarn das Gespräch, wenn schon nicht gesucht, so doch nicht abgelehnt, von Nachbar zu Nachbar über den Zaun, arglos, absichtslos, interesselos, und plötzlich sieht man auf der anderen Seite eine Nebenabsicht, eine Zweckbestimmung, ein Interesse. Jetzt hat er einen natürlich schon an der Angel. Will man nicht das Klima stören, die Gesprächsbasis verlieren, schroff und abweisend, unnachbarlich wirken, wird man zu dieser kleinen Nachbarschaftshilfe wohl bereit sein müssen und die Statistik, die Erfolgsstatistik des lieben Nachbarn kurz vor Jahresende wegen der anfallenden Provision etwas auffetten. Ist man aber etwa mit jenem wertvollen Besitz, den der schmeichlerische Nachbar so bewundert hatte, bevor er sich nach den Sicherheits- und Versicherungsverhältnissen erkundigt hat, schon versichert, weil einen ein anderer Versicherungsvertreter, mit dem man nicht benachbart oder bekannt oder verschwägert ist, früher bereits eingeschüchtert und angeworben hat, so erklärt einem der liebe Nachbar, daß jetzt auch die Zeit günstig sei, jene Versicherung zu kündigen und diese günstigere bei ihm abzuschließen. Und selbstverständlich will er einem, wie es sich unter Nachbarn gehört, alle Scherereien mit den Formularen, den sogenannten Papierkrieg und die Amtswege, abneh-

men. Er will alles vorbereiten, die Polizze und den Vertrag und die Kündigung, und man braucht dann nur noch dreimal unterschreiben und später überweisen oder einen Einziehungsauftrag bei der Bank abgeben. Da mit jeder Versicherung ein Steuervorteil und eine Begünstigung beim Fiskus verbunden ist, steht man am Schluß als ein vom Nachbarn Beschenkter, Begünstigter da und ist eigentlich in seiner Schuld. So werden der Versicherungen immer mehr, der Zusatzversicherungen, und man fühlt sich am Schluß sozusagen bombensicher, bis wirklich eine Bombe in Form einer Krankheit einschlägt und der Versicherungsfall eintritt. Den Vorteil, den man dann von der Versicherung hat, hat man natürlich längst durch Prämien vor- und überfinanziert. Und mitfinanziert hat man auch jene Häuser, die die Bevölkerung zutreffenderweise Versicherungspaläste nennt, weil sie nicht nur wie Paläste wirken, sondern auch tatsächlich Paläste sind.
Ich bin an und für sich durchaus nicht ohne Verständnis für die Nöte der Versicherungskaufleute, der kleinen wenigstens, die sich die Hacken ablaufen, um noch den letzten Rest an Versicherungskapazität aus der Nachbarschaft und Bekanntschaft und Verwandtschaft herauszuquetschen, denn diese kleinen Keiler werden ja, namentlich gegen Jahresende, von oben unter Druck gesetzt. Denn bevor die große Abrechnung kommt und Jahresbilanz in den Palästen gezogen wird, werden auch die Defizite bei den einzelnen Keilern registriert, und es wird mit Befremden festgestellt, daß die Leistung dieses oder je-

nes im letzten Jahr nicht gewachsen und gestiegen, sondern zurückgegangen ist; man sehe hier zwar keinen Einbruch, aber doch ein deutlich spürbares Minus, eine rückläufige Tendenz, und der arme Keiler bekommt im Dezember kurz vor Weihnachten noch eine Galgenfrist, einige neue Verträge abzuschließen und hereinzubringen, »um wenigstens das Niveau des Vorjahres zu erreichen«. Und der Ärmste vergönnt sich nun vor Weihnachten keine Ruhe, keine stille Zeit im Jahr und keine Schonzeit, er geht im Geiste seine ganze Bekanntschaft und Verwandtschaft bis in den zehnten Grad der Kindeskindeskinder durch und überlegt sich, bei wem er noch anklopfen könnte. Mir tun die kleinen Versicherer auch deshalb leid, weil sie in dieser Lage nicht mehr wie mondäne Versicherungskaufleute mit einem gewissen Geschäftsstolz und einem gesunden Selbstbewußtsein auftreten können, sondern natürlich mehr als Bittsteller und Lästigfaller und Nötiger und Bettler. Generaldirektor einer Versicherung zu sein, anonym und durch Vorzimmerdamen von der Außenwelt abgeschirmt und geschützt, nur nach Voranmeldung und auch dann nicht für jedermann erreichbar, das ist das eine, sicher Angenehmere, die Nachbarschaft abzuklappern, von Tür zu Tür mit Versicherungsverträgen betteln zu gehen, als Hausierer und Bittsteller, wenn nicht eben von der Not, so doch der Notwendigkeit einer Familie und ihrer Alimentierung und Aufrechterhaltung eines Lebensstandards getrieben und »angespornt«, das ist etwas anderes, Unangenehmeres. Das ist der Tod des

Handlungsreisenden, der »es nicht mehr bringt«. Alt werden nämlich kann man bei diesem Geschäft nicht, wenn der Versicherer älter wird, nicht mehr mitkann, dort nicht mehr hineinkommt oder hineinkommen will, wo sich die Jüngeren, Unversicherten oder Nochnichtversicherten herumtreiben und aufhalten, in den Gasthäusern, auf den Sportplätzen, auf den Pisten, in den Saunen, Discos, in Bars und Clubs, dann ist er von seiner möglichen Klientel und damit auch vom Geschäft ausgesperrt und abgeschnitten. Wenn ein Versicherungsvertreter keine Lust auf Feste — etwa auch Gartenpartys — hat, wenn ihm die Luft in den schlechtgelüfteten Lokalen zu ungesund ist, wenn er nicht nur kein Raucher und Trinker, sondern auch kein Passivraucher sein will, wenn er auf ein wenig Würde und Stolz, Gesundheit und Ruhe Wert legt, dann ist er in diesem Beruf fehl am Platz. Ein Versicherungsvertreter muß etwas aushalten, und er muß auch viele aushalten oder aushalten lassen durch sein »Institut«. Er muß Pokale stiften, Wettkämpfe veranstalten, Transparente mit dem Schriftzug seiner Versicherung auf Sportplätzen aufhängen, Inserate aufgeben, vieles mit dem eigenen Geld sponsern, Zechen zahlen, Runden schmeißen, Leute mit Witzen unterhalten, fesch und sportlich sein, die Kinder seiner Kundschaften herzen, ein guter Onkel, vertraulich, aber auch nicht indiskret sein, Neuigkeiten berichten, und vor allem unpolitisch sein! Nachdem die Versicherungen wie alle Institutionen in diesem Land parteiisch und parteilich getrennt sind, aber immer auch andersfärbige

Kundschaften haben, weil nicht die ganze Verwandtschaft der Versicherungsvertreter monochrom ist, schwarze Schafe in der roten Sippe, rote Hähne am schwarzen Hühnerhof, muß er auch immer wieder zurückhaltend sein. Trifft er auf einen politisch Gleichgesinnten, dann soll er seine Gesinnung oder die Gesinnung seiner Gesinnungsgemeinschaft herausstellen, eine rote Nelke tragen oder das Kraftei der Schwarzen zur Schau stellen und herausstellen, hat er aber herausgefunden, daß der zu Bewerbende mit seiner Gesinnung oder der Gesinnung seiner Gesinnungsgemeinschaft nicht harmoniert und akkordiert, so wird er diese Gesinnung nicht wie ein Stecktuch heraushängen lassen, die Nelke oder das Ei in der Hose lassen, wegstekken. Er wird ein Zusätzliches und Übriges tun, indem er auch gegen seine eigene Überzeugung spricht, da er ja nur die Gesinnung der Gesinnungsgemeinschaft hat, keine besonders fundierte und dezidierte, weltanschaulich feste Position, sondern nur des Lied singt, des Brot er ißt; da den meisten Menschen verständlicherweise die Moral nur über das Essen zugänglich ist und sie gesunderweise einem gewissen Materialismus huldigen, wird es ihm nicht schwerfallen, sich die Überzeugung dessen, den er bewerben und der ihm bei Versicherungsabschluß ja Brot geben soll, vorübergehend anzubequemen, in dessen politische Haut zu schlüpfen, den Wimpel in den Wind zu hängen.

Dies alles ist für mich kein besonderer Grund für Tadel, jedenfalls wollte ich nicht die kleinen Versicherungsvertreter tadeln. Warum aber hätte ich mir dann einen einladen sollen? Gern hätte ich einem Generaldirektor die Meinung gesagt, einem General oder Generalmusikdirektor die Meinung gegeigt, aber die waren mir gesellschaftlich nicht verfügbar, sondern entzogen, also mußte ich meine Versicherungsschelte wohl für mich behalten, den Lehrer Währinger und seine Frau wollte ich damit nicht behelligen.

Vielleicht, dachte ich anfangs, werde ich den Währinger fragen, ob er auch mehr widerstrebend als begeistert einige Versicherungen abgeschlossen habe, Mitleidsversicherungen, Versicherungen also aus Mitleid mit den kleinen Versicherungsvertretern? Dann aber dachte ich, dies sei vielleicht kein Thema, womöglich war der Währinger ein standfester Mensch, hart im Neinsagen, entschieden auf seinen Vorteil aus, der nie etwas aus Schwäche, falscher Sentimentalität oder eingebildeten Verbindlichkeiten unterschreibt, auch Nachbarn keinen Nachbarschaftsbonus gewährt, der auch kein Verständnis für mich hätte, der ich tief im Nachbarschafts-, Bekanntschafts- und Verwandtschaftsmalus stecke. Wie ein Lehrer, dachte ich, würde der Lehrer Währinger denken, hätte doch auch ich als Bibliothekar keine Veranlassung zu »Gegengeschäften«, wie sie meistens zustandekommen. Du kaufst mir das Brot oder die Wurst ab, und ich lasse mein Auto bei dir versichern ... Ein unabhängiger Lehrer aber hat zu solchen Symmetrien keine Veranlassung und keinen Grund. Warum tun Sie das, lesen und entlehnen die

Versicherungsvertreter etwa bei Ihnen in der Stadtbibliothek so viele Bücher?
Dann hätte ich aber dem Währinger doch sagen können, daß mir bekannt wurde, daß viele Lehrer selbst Versicherungskeiler seien, und daß die Abhängigkeiten und »Anhänglichkeiten« umgekehrt herum ausgenützt und benützt würden. Gute Noten für die Kinder gegen einen Versicherungsvertrag mit dem Vater. Eine Lebensversicherung für die Eltern gegen ein gutes Zeugnis. Die Verflechtung und Verfilzung der Lehrer in solche Geschäfte, würde ich dem Währinger sagen, nahm ich mir vor, sei unerträglich. Auch die vielen Lehrer, die in der Politik herumdilettierten, als Bürgermeister, Abgeordnete und so fort, seien mir ein Dorn im Auge. Ja ist denn, würde ich den Währinger fragen, das Unterrichten keine Vollzeitbeschäftigung mehr, daß ein Schuldirektor auch noch Bürgermeister sein kann! In unserem Staat sind Legislative und Exekutive getrennt, auf dem politischen Feld ist aber sonst viel Unvereinbares vereinbart, vermischt und vermanscht und verpanscht. Nennen Sie mir den Lehrer, der ein Kind eines bei ihm versicherten Vaters durchfallen läßt! Diese Verhältnisse stellen den Lehrern kein gutes Zeugnis aus, dafür verdienen die Lehrer und ihre Standesvertretungen eine Fünf. Wer Lehrer ist, sollte Lehrer sein und bleiben oder Politiker werden und die Lehrerei aufgeben, aber nicht beides sein wollen oder eines auf Kosten des anderen, Politiker auf Kosten der Schule und zu Lasten der Kinder, zum

Schaden der Schüler. Dieser Skandal stinkt zum Himmel, nur im Ministerium riecht man nichts.
Auch sonst gibt es genug Überschneidungen von privater und öffentlicher »Wirtschaft«, denn nicht nur in den Schulen sitzen und unterrichten viele Geschäfte- und Politikmacher, auch auf den Gemeindestuben trifft man immer wieder Versicherungskeiler, um nun dabei zu bleiben. Der Herr Gemeindesekretär ist für eine Versicherung natürlich ein besonders wertvoller Mann, mit diesem ihrem Mann hat die Versicherung nicht nur einen Fuß in der Tür, sondern gewissermaßen beide Beine in der Kartei. Der Sekretär kennt alle Bauwerber und Bauherren und Hausbesitzer, und da er mit allen dienstlich zu tun hat, kann er auch leicht mit ihnen privat und privatwirtschaftlich zu tun bekommen. Jetzt weiß die Linke, was die Rechte tut. Und eine Hand wäscht die andere, Vergünstigungen dort für Gefälligkeiten hier. Schwierigkeiten bei der Kollaudierung sind in einem solchen Fall nicht zu erwarten, auch nicht irgendwelche Einschränkungen für den Bauwilligen. Als Häuselbauer hätte ich gewußt, wovon ich gesprochen haben würde.
Einem Mann der Versicherungswirtschaft hätte ich gern die öffentliche Meinung gesagt, aber da ich Angst hatte, wieder einmal aus Mitleid eine Versicherung abzuschließen, wie es mir leider schon passiert und zugestoßen ist, nahm ich von einer solchen Einladung Abstand. Ich kann schwerer, als Hera, meine Frau, meint, nein sagen. Mitleid macht mich hilflos. Man mußte ja auch mit jenen rechnen, die

sich in ihrer Not, wenn sie auf einen besonders hartnäckigen versicherungsunwilligen Gegner, einen Assekurationsmuffel, stoßen, der stur *heil* bei seiner heillosen Versicherungslosigkeit bleiben und sich nicht in das Joch der Polizze spannen lassen möchte, auch vor den Sturschädel hinknien und flehentlich um einen Abschluß bitten und dabei ihr privates Elend, eine große Kinderschar und Ähnliches nicht unerwähnt lassen.
Es gehen gar nicht wenige bis zum Äußersten, ja bis zur völligen Selbstentäußerung eines Kniefalls. Mir war selbst schon eine solche Proskynesis, wie die Byzantiner und Griechen den Kniefall genannt haben, widerfahren und untergekommen. Jetzt stehen Sie doch um Gottes willen auf, sagte ich. Nicht bevor Sie mich erhört haben, sagte der arme Versicherungsmann. Er hatte nun einmal mit dem *Flectamus genua,* »Laßt uns in die Knie brechen«, ernst gemacht und wollte meinem *Levate,* »Erhebt euch«, erst willfahren, wenn ich ihm und seinem Ansinnen widerfahren hätte, das in der Unterschrift unter eine Hausratsversicherung bestand. Natürlich habe ich unterschrieben, sonst läge der Mensch noch heute in meinem Vorhaus im Staub. Von Staub sei keine Rede, hatte meine Frau gesagt. Stolz, mochte sich der Ärmste gedacht haben, kann ich mir nicht mehr leisten, statt Stolz wollte er sich vielleicht irgendeinen Luxus leisten — denn das mit den vielen Kindern war sicher eine Schutzbehauptung —, also kniete er nieder. Durch diese Unterwerfungsgeste unter-

warf er sich seinem Gegner. Denn den Vertrag nicht zu unterschreiben, wäre mir wie unterlassene Hilfeleistung vorgekommen, ihn auf den Knien zu lassen und mich abzuwenden als Fahrerflucht. Solche Szenen am Gartengrill wollte ich mir ersparen! Vielleicht eine Drohung mit Selbstverbrennung, danach stand mir der Sinn nicht, so wahr ich Primus Feuerbach heiße.
Wieder einmal, zum vierten Mal, war meine Frau aus dem Haus getreten und hatte meine Vorbereitungen zum Gartengrill unzulänglich gefunden und mir deshalb Vorhaltungen gemacht. Vorhaltungen, ausgedachte und eingebildete, wie meine Frau immer sagte, waren es freilich auch, die mich beim Grillen aufhielten. Ich sei ein *Grillpatzer,* hatte meine Frau gesagt. Ich sei in Gedanken an meine Kritik an der Zeitgeschichte und am negativen Zeitgeist, an den Versicherungen und Politikern und wem noch allem versunken, statt mich in die Wissenschaft, die positive Wissenschaft des Grillens zu vertiefen und zu versenken. »Gedankenabwesend« und »-verloren« redete ich mich innerlich in Feuer, während es unter dem Rost nicht brennen wollte. Es glose nur, hatte sie gesagt, und glimme bloß. Sie selbst aber koche langsam über. Während es in meinem Kopf lichterloh brenne und ich ein Thema nach dem anderen angehe und jedermann die Leviten lese, während ich mir schlau vorkäme und meinte, den und jenen in flagranti ertappt zu haben, gehe mit dem Feuer gar nichts weiter.

Ich hatte natürlich widersprochen und die Feuersache anders dargestellt, mich verteidigt, dies und das, was ich getan, und vor allem vieles, was ich nicht, *noch nicht* getan, vernünftig begründet, Schutzbehauptungen vorgebracht, wie meine Gattin sagte, »rationalisiert«, wie ich sagte, »falsch rationalisiert«, wie meine Gattin meinte. Was ich bislang unterlassen hatte, nannte meine Frau »Unterlassungssünden«, ich sprach von »ausgegrenzten, aufgeschobenen, zurückgehaltenen, vorerst auf Eis gelegten Maßnahmen«. Ich legte wohl das Feuer überhaupt auf Eis, sagte meine Gattin, auf »Grundeis«. Sie hatte sich in der Zeit unseres Zusammenlebens insofern an mich gewöhnt, als sie bei allem Widerspruch doch einige meiner Redensarten, »Redensunarten«, wie sie es nannte, angenommen und sich angewöhnt hatte. So gebrauchte sie mit dem »auf Eis gelegten Feuer« ein Oxymoron, einen »weißen Rappen« oder einen »schwarzen Schimmel«, die auch ich gerne einschirrte, wie ich den Pegasus selbst für ein Oxymoron halte … Auch vor Wortspielen wie etwa dem erwähnten »Grillpatzer«, der Verballhornung des Namens des ehrwürdigen, aber schon wenig bekannten, wie ich in der Bücherei sehe, kaum noch gelesenen österreichischen Dichters Franz Grillparzer war sie ja nicht zurückgeschreckt. Sprach sie etwa vom Nibelungenlied, das mir wenn schon nicht heilig, so doch lieb und teuer ist, so sprach sie gern vom *Niegelungenlied.* Und in einer Art Vorausdeutung, wie sie, wie erwähnt, im Nibelungenlied oft vorkommt, sagte auch meine Gattin, das alles ende wahrscheinlich wie im »Niegelungenlied« mit einem Desaster, mit der großen »Not«, dem Untergang der *Niegelungen.* Male bitte den Teufel nicht an die Wand, sagte ich. Ich nannte sie eine »valantine«, wie Kriemhild in ihrer grenzenlosen Rachsucht genannt wird, eine »Teufelin«. Doch meine Frau war fortgefahren, Menetekel in Flammenschrift an die Wand zu werfen. Ihr reiche es jetzt, sagte sie vielsagend. Ich aber war ahnungslos wie jene Magier Heinrich Heines, die in seiner Ballade »Belsazar« die Flammenschrift an der Wand deuten sollen, »doch keiner verstand zu deuten die Flammenschrift an der Wand« …

Meine Frau sagte, die Terminologie der Braterei aufnehmend, sie sei schon *mürbe* und *gar*, sie habe die Rolle der Norne, der Antreiberin, satt. Sie spielte auf die Merseburger Zaubersprüche, insbesondere den 1. Merseburger Zauberspruch von den »Idisen«, den kampfentscheidenden Walküren, an, die die kämpfenden Männer am Kampf entweder hindern, indem sie ihnen Fesseln anlegen, oder sie unterstützen, indem sie sie aufstacheln. Ich hielt das alles aber bloß für einen Spaß, stimmte wohl selbst in den Ton ein, indem ich entweder in die Rolle des babylonischen Königs Belsazar, der sich am Tempelgerät des Gottes Jehovah vergreift und versündigt, oder auch in Phol und Wotan aus den Merseburger Zaubersprüchen schlüpfte, wobei die Feuerallegorie

in beiden Fällen nahelag, stand ich doch wie der Feuergott Wotan oder wie Siegfried, der Schmied, an der Esse des Grills und hantierte mit Dreizack und Gabel. Belsazar aber ward in selbiger Nacht von seiner Gattin »umgebracht«? ... Wenn Blicke töten könnten, dachte ich, als ich meine Frau wie eine Rachegöttin, um das Wort Furie zu vermeiden, unter der Haustür sah und auf mich spotten hörte, daß die Kohlen erröteten. Das war nicht mehr die züchtige Hausfrau Schillers, die still im Hause wirkt, das war nicht mehr »der Segen des Hauses«, das war des Hauses Fluch, der Bannstrahlen der Verwünschung, des Verdikts und der Verdammung, der Häme und des Spotts schleuderte. Ein Quälgeist, dachte ich bei mir.
Hera wollte mich offenbar an meinem empfindlichsten Bibliothekarsnerv »letzen«, weil sie frotzelte, ich sei wohl von allen guten Feuergeistern verlassen und habe sichtlich das »Heil«, wie die Germanen die glückliche Hand namentlich eines Feldherrn, also das »Glück des Tüchtigen«, der das Wohlwollen der Götter erzwingt, nannten, verloren und verspielt. So ging es fort, eimerweise bekam ich Asche, nein Glut und heiße Lauge auf mein Haupt. Und obwohl ich von einer Intervention zur anderen, die meine Frau setzte, eine deutliche Steigerung spürte und wohl sah, daß die Unzufriedenheit auf ihrer Seite wuchs und wuchs, sich steigerte und steigerte, hielt ich diesen Auftritt doch noch nicht für den *definitiven,* wenn ich

die Herkunft des Wortes und die Ableitung von *finis*, »das Ende«, bedachte. Ich hielt also diesen Auftritt immer noch für eine *Inter*vention, was ja von *inter,* »zwischen«, und *venire,* »kommen«, kommt, ein Zwischenspiel, *interim,* »zwischendurch«, »mittendrein«, und nicht die Klimax, sozusagen den Orgasmus oder die Krise, die alles in Wohlgefallen oder in Schrecken lösen. Hera sprach vom »Schrecken ohne Ende« und dem »Ende mit Schrecken«, auch die Worte *Hölle* und *Inferno* kamen in ihrer Rede vor!
Als die Reizrede ein abruptes Ende nahm und meine Frau in das Haus zurücktrat, beschleunigte ich zwar meine Hantierung am Grill für das Gartenfest mit den Währingers, dachte aber auch nach und zurück, wo ich in meinen Gedanken vor der Intervention Nummer 4 durch meinen *Uxor* stehengeblieben war, und nahm den Faden der schicksalsspinnenden Göttin wieder auf: Versicherungen! Dem Versicherungsangestellten, den ich mir nicht eingeladen hatte, um einem Mitleidsabschluß oder einer Versicherungserpressung zu entgehen, hätte ich gern auch meine Meinung über die heutige Sucht nach *Rückversicherung* gesagt, die von den Versicherungen genährt und *angeheizt* wird, um den Wortschatz des Barbecue zu verwenden. Es ist offensichtlich, wollte ich ihm sagen, daß mit dem rapiden Verlust an Religion, das heißt »Rückbindung« an den Schöpferglauben, die Ängstlichkeit vor den Fährnissen des Lebens und damit auch der Drang, sich zu vergewissern oder zu versi-

chern, wächst, der Zusammenhang ist evident. Wenn einen das Gottvertrauen nicht mehr schützt, dann baut er Feuermauern oder schließt Versicherungen ab. Dieses Gottvertrauen ist aber in der Kirche selbst am Wanken, die Kirche selbst hat sicherheitshalber ihre Objekte versichert. Das Stift Sankt Florian zahlt keine geringe Prämie in die Oberösterreichische Landesbrandschadenversicherung. Und neuerdings hat man einen steirischen Abt sogar einsperren müssen, weil er den Versuchungen des Versicherungsbetruges nicht widerstehen konnte! Jener Abt, las ich in den Zeitungen, ein an sich initiativer und tatkräftiger Mann, dieser gute Wirtschafter, war ein Bauernsohn wie ich und hieß mit seinem Vulgonamen *Brandstetter* Franz. Er kam wie ich aus einer kinderreichen Familie!
Vielleicht hätte ich mir den Pfarrer einladen sollen, um ihm über den Zusammenhang von Glaubensverlust und Materialismus einiges zu sagen! Dann hätte ich dem geistlichen Herrn auch sagen können, daß ich in meinem Glauben und in meiner Kirchlichkeit, in meiner Anhänglichkeit an die Kirche, durch nichts, auch nicht durch einen Mangel an Würde bei den kirchlichen Würdenträgern zu erschüttern sei. Ich gehe ja auch nicht wegen des Pfarrers in die Kirche, sondern wegen des Gottesdienstes, weil er mir ein wirkliches, physisches und metaphysisches Bedürfnis ist, und ich bleibe nicht wegen eines Bischofs oder Papstes in der Kirche, so eindrucksvoll sie sein mögen, oder

auch so problematisch, sondern *um Christi willen.* Dies wäre meine »Präambel«, mein »Prätext« im Gespräch mit dem Geistlichen gewesen, damit hätte ich ihn schonend auf das weitere vorbereiten können. Dann aber hätte ich ihn nicht geschont. Jenen Abt, der nun doch deutlich erkennbar vom Evangelium abgeglitten und abgewichen ist, hätte ich nun gar nicht als Kronzeugen oder Schulbeispiel meines Leidens an der Kirche angeführt. Es gehe mir vor allem um das *sentire cum ecclesia,* nicht so sehr ein *sentire cum ecclesiasticis,* ein »Fühlen mit der Kirche«, nicht um »Mitleid mit den Kirchlichen«. Natürlich sei ein initiativer Abt, der eine Abtei im Sinne der Gebäude des Stiftes in Ordnung bringe, dabei aber *spiritualiter* falliert, das heißt »geistlich« versagt, ein gutes Beispiel für den falsch oder nicht ganz richtig verstandenen Weltdienst! Denn was hilft es dem Abt, christlich gesprochen, wenn er die ganze Welt gewinnt, wenn er also, wie geschehen, die gesamte Prominenz oder gar Schickeria eines Landes für sich einnimmt, daß die hohen Herren und Damen zur Jagd in die Stiftswaldungen kommen und sich für getätigte Abschüsse dem Stift gegenüber generös und spendabel erweisen, wenn also die Gebäude instandgesetzt, die Mauern saniert werden können, aber die Mönche und der Abt Schaden leiden an den Seelen, weil das Monastische vor lauter Eigenjagden und Terminen zu kurz kommt. Dann geschieht es eben, wie es geschah, daß einem Abt die Restaurierung und »Revitalisierung« nicht schnell genug gehen kann und er sich mit einem Versicherungsdirektor zusammentut und mit diesem auf die Idee der fingierten Schadensmeldungen kommt. Es geschieht ja für den guten Zweck, mögen die beiden gedacht haben. Der Zweck des unfrommen Abtes heiligt aber nicht die Mittel der Versicherung, die aus den Beiträgen der kleinen Versicherten kommen. Das ist freilich eine große »Umwegfreundlichkeit«, dieser Art der Umwegrentabilität, diese Form der Ablenkung und Umlenkung der Geldströme. Und plötzlich fließen die Ströme aufwärts ... Ein Wunder! Das Ganze ist in meinen Augen eine Spätform des Absolutismus, eine Fortsetzung der Gedanken Machiavellis. Und wenn der Abt erst einmal dieser einen Versuchung gründlich erlegen ist, dann ist die Bereitschaft, auch gegen andere Normen des Mönchtums zu verstoßen, nicht mehr weit. Ist erst das Gelübde der Armut gebrochen, dann fängt bald auch jenes der Keuschheit zu wanken an. Von Gehorsam ist bei einem Abt sowieso wenig die Rede, oder nur im Sinne des Gehorsam-Verlangens. Dienen, dienen ja, aber in gehobener Stellung. So war also in jener Mediensache nach der Jagdhütte des Abtes auch von Frauenbekanntschaften die Rede, und es wurde in den übelwollenden Zeitungen alsbald der Eindruck erweckt, als hätte sich der Abt diesbezüglich am barocken Bischof Wolfdietrich von Hohenems aus Salzburg ein Beispiel genommen und sich sozusagen eine Salome Jung angelacht.

Aber wem das alles erzählen! Die Pfarrer sind dafür keine Adressaten. Erstens ist die Dankbarkeit eines Kirchgehers gegenüber einem Priester von Haus aus groß, das ist der Hauptgrund meinerseits für das Unterlassen eines offenen und ungeschminkten Wortes, andererseits sind viele der Pfarrer heute arge Mimosen geworden. Beim kleinsten »Widerstand« drohen sie ihrer Gemeinde auch schon, sich um eine andere Pfarrei bewerben zu wollen … Einige gebärden sich, als würden sie nicht nur um Priesternachwuchs beten, sondern den Priestermangel auch ein wenig ausnützen. Manche Pfarrer nützen den Mangel auch dahingehend aus, nehmen sich viele Freiheiten heraus, reduzieren und reduzieren das gottesdienstliche Angebot, verlängern ihre Urlaubszeiten und sind viel abwesend, aber nicht immer auf Wallfahrten, man kann auch heilige Städte und heilige Länder in unheiliger, jedenfalls nicht ausgesprochen frommer Absicht besuchen. Auch Rom hat nicht nur den Vatikan. Das ist ähnlich wie mit den Zeitungen: Man kann ein großes Format, ein seriöses Blatt kaufen, nicht aber um seiner selbst willen, sondern um eine kleinere, weniger seriöse Zeitung, ja ein Schund-Heftchen darin einzuschlagen. Früher waren die Priester rund um die Uhr und rund um das Jahr auf dem Posten, heute machen es die Pfarrer den Gemeindeärzten gleich, die auch keine kurzen Urlaube machen und sehr oft durch Urlaubsvertreter vertreten werden. Man kommt zum Gemeindearzt und

liest: Heute vertritt den Herrn Doktor ein Doktor in einer mehr oder weniger weit entfernten Gemeinde. Oder: Nachtdienst versieht heute nicht dieser, sondern jener Medicus. So kehrt man entweder unverrichteter medizinischer Dinge heim oder macht sich auf die lange Reise zum Herrn Vertreter. Ähnlich ist es auch mit den Priestern. Den Arzt brauchen freilich alle, den Priester nur wir, also die Gemeinde.
Auch von jenem Unterschied zwischen den Ärzten und den Priestern müßte gesprochen werden, daß der Priestermangel leider echt und ernst ist, während die Ärzte als »Sprengelärzte« standespolitisch ein wenig nachgeholfen haben! Die Ärztekammer weiß ihre Mitglieder vor Konkurrenz zu schützen, die Pfarrer müssen sich leider nicht schützen, die Theologie kennt keinen »numerus clausus« und keine Zulassungsbeschränkung. Und die Übelwollenden sagen: keine Auslese, oder überhaupt nur: negative Auslese. Alles heikle Themen, die behutsam besprochen werden müßten, aber die Schmerzgrenzen sind bei vielen Kirchlichen sehr eng. Berührungsängste, Idiosynkrasie und Animosität. Ich mochte den Herrn Pfarrer zu sehr und wollte vor allem nicht schuld sein, wenn er schmollend und grollend die Pfarre womöglich verließ und den Hut, das Birett draufhaute. Also lud ich den Pfarrer nicht ein, und es blieb bei den Währingers.
Die Pfarrer halten nichts mehr aus, die älteren sogar noch mehr als die wenigen jungen. Und weil sie

nichts mehr aushalten, verkünden sie nur noch die halbe Lehre, in den Predigten ist immer alles eitel Wonne. Den Menschen wird gesagt, daß sie okay sind und daß wir alle, alle in den Himmel kommen. Verlangen sie ehrlicherweise bloß deshalb so wenig von den Menschen, weil sie das Maß an der eigenen Unzulänglichkeit nehmen? Die Theologen haben *Wasser marsch!* gerufen und »das Feuer der Hölle« gelöscht, und nun schon wie richtige Feuerwehrhauptleute *Feuer aus!* gemeldet.
Noch in meiner Jugend war immer davon die Rede, wie der Mensch Feuermauern errichten könne gegen das Verderben und die Verdammnis, wie er sich schützen und salvieren könne, es ging um *Himmel und Hölle und Fegefeuer.* Heute geht es nur noch um die eitle Wonne, die Kirche ist eine reine Lust-und-Liebe-Kirche geworden, der liebe Gott ist nur noch lieb und zürnt nicht mehr. Und weil in der Bibel doch auch davon die Rede ist, daß Menschen in die Finsternis hinausgeworfen werden, wo »Heulen und Zähneknirschen« ist, werden diese Stellen entweder übergangen, *stillschweigend* übergangen, oder überhaupt verändert. Auch verändert und »modernisiert« wurde bekanntlich einiges. So hat es ursprünglich geheißen, daß Jesu Blut *pro multis effundetur*, also »für *viele* vergossen wurde«, während die heutige Lesart und Übersetzung »für alle« lautet. Dann dürfte es aber nicht *multis* heißen, dann müßte es *omnibus* heißen. So aber heißt es nicht. Mit dem Himmelreich ist es wie mit meiner Einladung zum

Barbecue. Ich habe auch nicht *omnes* eingeladen, nicht einmal *multi*, sondern bloß *pauci*, »wenige«, äußerst wenige, sozusagen blutwenige, »im wesentlichen« nur die Währingers. Und so wie an meinem Gartentisch oder am Gartentisch irgendeines Barbecueveranstalters nicht alle Platz nehmen können, sondern nur die Geladenen, so steht auch in der Bibel, daß am Tisch des Herrn nicht alle sitzen können. Mit dem bezeichnenden Übersetzungsfehler »für alle« statt »für viele« müßte die Kirche ins Buch der Rekorde kommen, *biblisch* ist das »alle« nicht, *buchstäblich* im biblischen Sinne ist es nicht, es ist »frei übersetzt«, sehr frei übersetzt, eigentlich handelt es sich um einen Übersetzungsfehler. Dieser Übersetzungsfehler ist aber nicht einfach unterlaufen und passiert, wiewohl auch die Lateinkenntnisse in der römischen, der lateinischen Kirche sehr am Schwinden sind, dieser Übersetzungsfehler ist nicht einfach so passiert, wie den Primanern ein *lapsus* unterläuft, er ist ein Kernstück der neuen Theologie. Ein Akt der Demokratisierung gewissermaßen, der Solidarität und der Sozialisierung: für alle. Gern hätte ich bei einem Pfarrer auch einmal rückgefragt, was man unter »Volkskirche« alles verstehen wolle, was man, um die Volkskirche aufrechtzuerhalten, noch alles an Unvereinbarkeiten in Kauf nehmen wolle. Muß sich die Kirche nicht doch auch definieren, sie kann sich doch nicht bloß »öffnen«, sie muß »zugänglich« bleiben, kann aber nicht alle aufnehmen wollen.

Das Haus Gottes ist kein Durchhaus. Ich jedenfalls bin für die Volkskirche im Sinne von »Kirche für das Volk Gottes«, nicht für eine »Pop-Kirche«.
Ich bin kein Sektierer, hätte ich dem geistlichen Herrn sagen wollen, ich bin nicht für den Rückzug ins Ghetto eines elitären moralischen Kirchenbewußtseins, aber ich bin doch für die Verkündigung einiger *essentials,* einiger *conditiones,* »Bedingungen«, *conditiones sine qua non,* Voraussetzungen, die vorhanden sein müssen, um von einem Christen, schon gar einem römischen Christen zu sprechen. *Katholisch* heißt zwar »allgemein«, aber ein Synonym, ein gleichbedeutendes und ein deckungsgleiches Wort mit dem heutigen »Volkskirche« war das alte *katholisch* wohl nicht.
Der Grill wäre freilich ein guter Platz gewesen, um mit einem geistlichen Herrn über die Hölle zu sprechen. So wie sich die Eßgewohnheiten und die Festbräuche geändert haben, wird sich auch die »Höllenvorstellung« ändern dürfen oder müssen, hätte ich gesagt. In dem aber, was die alten *Hölle* und *Fegefeuer* nannten, drückt sich auf eine sehr einprägsame und drastische Weise die Angst und der Schrecken darüber aus, daß der Mensch letztendlich Gott und den himmlischen Frieden in Gott verfehlen kann. Der »ewige Tod«, die unwiderrufliche absolute Einsamkeit, die Qual der definitiven Verlorenheit drückt sich im Bild des Feuers »schrecklich« aus. Auch wenn man alles Mythische und die »Einkleidung« abzieht, wenn

man also die oft kuriosen Details der barocken Hölle, die Umstände des Nachlegens, des Schürens des ewigen Feuers, wenn man das ganze Drumherum abzieht und wegdenkt, bleibt ein ernster, todernster Rest, der »ewige Tod«. Ganz haben sich die Spuren der höllischen Feuer noch nicht tilgen lassen, die Feuer sind, mindestens in der kirchlichen Ikonographie, nicht ausgelöscht. Und obwohl sich die Kirche Übersetzungsfehler leistet, mit der theologischen Substanz der Bibel des Alten und des Neuen Testaments leicht und ein wenig leichtfertig umgeht, die großen Gemälde der Maulpertschs, Kremser Schmidts und Altomontes in den Stiften und Kirchen wird man wohl doch nicht retuschieren wollen. Mit der Bausubstanz der denkmalgeschützten Gebäude und dem Kirchengut geht die Kirche gewissenhafter um als mit dem Lehrgut, mit dem Leergut sorgfältiger als dem Lehrgut ... Auf die Bilder und Statuen in den Kirchen gibt sie besser acht als auf die Dogmen. Wenn sie natürlich auch nicht verhindern kann, daß die einsamen Kirchen auf dem Land ständig ausgeraubt und geplündert werden. Man schlägt die Zeitung auf und liest entweder etwas von einer Brandstiftung und einem *Feuerteufel*, der wieder und zum sovielten Mal zugeschlagen hat, oder man liest etwas von einer wertvollen gotischen Madonna, die von einer wahrscheinlich international agierenden Hehler- und Diebsbande entwendet, »frech« vom Sokkel genommen und weggefahren wurde. Irgend jemand hat noch einen auffälligen Mercedes registriert, die Spur führt aber zu nichts, übrig und zurück bleibt eine ausgeraubte Kirche. Nehmen die gemeinen Diebe, würde ich den geistlichen Herrn ein wenig scheinheilig fragen, vielleicht nur das Wort »Volkskirche« zu wörtlich? Bedienen sie sich, nehmen sie, was sie brauchen können, führen sie die kirchlichen Überreste etwa einer Wiederverwendung und Wiederverwertung im Landhaus eines Neureichen der neuen Bourgeoisie zu? So wie die Beichtstühle, die die Kirche nicht mehr benötigt, nun im Vestibül oder Foyer der Millionärsvilla des Großindustriellen eine »Ver*wendung*« als Garderobe finden. Früher haben die Menschen im Beichtstuhl ein Sündenbekenntnis und die Sünden abgelegt, heute legen dort die zu den Partys Eingeladenen ihre Pelzmäntel ab, die Hyänen der Baubranche, die Wölfe im Schafspelz, die schlauen Füchse der Hochfinanz, die Versicherungshaie und die Banker die Mäntel mit Fischgrätenmuster. Auch der hohe Gast im Nadelstreif hängt seinen Mantel in den fichtenen Beichtstuhl.

Auf den in den Kirchen verbliebenen, das heißt entweder *nicht* oder *noch nicht* gestohlenen Bildern brennen die Fegefeuer und Höllen noch. Knietief, wenn nicht bis zum Hals, stehen die armen Seelen in den lodernden Flammen Martino Altomontes: Man kann den Theologen heute schon recht geben, wenn sie sagen, das Wort *Fegefeuer* sei religionspädagogisch nicht gerade glücklich, und es solle allmählich verdrängt werden. Der Gedanke eines »Zwischenreichs der Mittleren«, denen die volle Anschauung Gottes noch versagt ist, eines Reinigungsortes also, den man sich nicht zu *örtlich* denken darf, ist aber uralt, ja eine Konstante und eine Universalie der Religionsgeschichte, jedenfalls jüdisch und christlich gut fundamentiert, so daß sich die Theologen nicht nur anstrengen sollten, die Feuer auszublasen und zu löschen, sondern dieses Theologem lieber neu formulieren. So wie man mit einer Feuermauer das Feuer nicht löscht, das dahinter weiterbrennt, aber am Übergreifen hindert, so ist auch mit einer bloßen »Entmythologisierung«, also einer Destruktion der alten »Mythen« oder dessen, was man für Mythen angesehen hat, nichts gewonnen, die Phänomene kann man durch Verschweigen, Ignorieren oder »Psychologisieren« nicht abschaffen. Und bekanntlich kommen sie zurück und brennen unter den Nägeln. Und wir *haben* eine Ahnung von Verlassenheit, ja sie ist eigentlich ein allgegenwärtiges Gefühl; die ganze Menschheit kommt sich wie weggelegt und ausgesetzt vor. Wie jene armen Kleinkinder, die von den Müttern und Vätern im Stich gelassen und vor Kaufhäusern oder Kirchen abgelegt oder überhaupt in Mülltonnen geworfen werden, kann einem auch die ganze Menschheit mutter- und gottverlassen vorkommen. In meiner Not schrie ich zum Herrn …

Und wenn die Kirche auch mit Recht bei der Ver-

kündigung des »Fegefeuers« vor theologischen Subtilitäten und dem indiskreten Gebrauch von »Privatoffenbarungen« warnt, weil diese Privatoffenbarungen meistens doch nur das theologische Niveau des angeblichen oder wirklichen Empfängers solcher Visionen und Erscheinungen widerspiegeln, so würde ich mich als Pfarrer doch nicht von dem guten religiösen Brauch und der beruhigenden und gemeinschaftsfördernden Sitte des Gebets für die armen Seelen und entsprechenden Übungen und Andachten abbringen und abhalten lassen. Ich weiß nichts Besseres, Angebrachteres und Sinnvolleres als das Gebet der Totenwache, wenn jemand gestorben ist. Gebete habe ich in dieser Situation noch nie peinlich empfunden, Grabreden und auch Gedenkartikel in den Zeitungen fast immer. Allenfalls das Schweigen kommt an Würde dem Gebet gleich, wie das Schweigen, die Gedenkminute, recht verstanden, auch ein Gebet ist, wenn es in Demut und nicht im Trotz geschieht.
Das alles wären freilich Themen, über die man gern einmal mit einem Mann »vom Fach« sprechen würde, leider sind aber viele Pfarrer gar keine Männer vom theologischen Fach, sondern an der Wissenschaft oft recht desinteressiert. Und obwohl es doch vor allem auf die Frömmigkeit ankommt, und gerade die Fachtheologen es daran nicht selten fehlen lassen, ja überheblich und eitel, besserwisserisch und auf ihre akademische Weise lieblos werden, wäre ein wenig theologi-

sches Interesse und ein bißchen intellektueller Eifer bei den Kirchlichen nicht unangebracht und unwillkommen. Warum, möchte ich unseren Pfarrer fragen, predigen Sie nie von Thomas von Aquin, dem »Doctor angelicus«, dem »engelgleichen Gelehrten«, wie ihn die Kirche bewundernd nennt, der gezeigt hat, daß beides vereinbar ist, eine unzweifelhafte Frömmigkeit und Christusliebe und ein hohes Niveau der Gedanken und des spekulativen Denkens? Aber an der theologischen Vorbildung, hörte ich, hätte ich zum Pfarrer gesagt, soll es sogar im Episkopat und unter den Bischöfen und Äbten ein wenig hapern, es sind Agraringenieure darunter und Juristen, alles nützliche Vorstudien und Kenntnisse und effektiv verwertbar bei der Führung einer großen Stiftslandwirtschaft oder für einen Syndikus einer Diözese, einen juristischen Berater eines Großunternehmens, aber an erster Stelle sollte für einen Mann der Kirche doch die GOTTESGELEHRSAMKEIT stehen, sie ist sein *eigentliches* Fach. Die meisten Kirchlichen sind aber so gesehen nur Nebenerwerbstheologen, im Zweitberuf Gottesgelehrte, Hobby- und Amateurtheologen.

Selbst die meisten Bischöfe sind »Zweitfachtheologen«, die Theologie bildet ihr Neben-, aber nicht ihr Hauptfach. Das ist bedauerlich. Und wäre unser Pfarrer bei mir gestanden, während ich grillerte und Koteletts auflegte, so würde ich mir natürlich auch nicht nehmen lassen, daran zu erinnern, daß einer der Bischöfe ein Spätberufener sei und vor seinem Theologiestudium als Fleischhauer gearbeitet habe. Und gerade ihn, würde ich dem Pfarrer sagen, bewundere ich, nicht nur wegen der umsichtigen Führung seiner schwierigen Diözese, dieses österreichischen Hollands, sondern auch wegen seiner Prinzipientreue und seiner vom Geist der Nächstenliebe gekennzeichneten Ansprachen und Predigten. »Heiliger Eifer für dein Reich verzehrt mich«, hieß es früher, an diesem Eifer, der die Heiligen umgetrieben hat, wenn man beispielsweise hört, wie der heilige Don Bosco im Alter mit geschwollenen Füßen seinen Lehrlingen nachgegangen ist und einem seiner Schützlinge, der krank im Bett lag, aus der weit entfernten Küche über viele Stiegen und Gänge etwas zu trinken brachte — an diesem heiligen Eifer, diesem Eifer der Heiligen fehlt es heute sehr. Die Pfarrer sind in Urlaub, sie lassen sich vertreten, sie sind auf Reisen oder machen lange Kuren in Kneippbädern. Und obwohl Sebastian Kneipp bekanntlich ein Pfarrer war, ist eine Kneippkur nicht automatisch eine religiöse Übung oder eine Exerzitie. Jetzt haben die Geistlichen im Gegensatz zu Don Bosco zwar gesunde Beine, aber keine gesunde Einstellung zur Seelsorge.

Wenn ich mir keinen Pfarrer zum Barbecue einlud, so hatte es viele Gründe, rücksichtsvolle gegenüber dem geistlichen Herrn und unserem Pfarrer, aber neben den rücksichtsvollen natürlich auch solche der Vorsicht und des Selbstschutzes, ich gestehe es ein. Denn natürlich hätte ich, wenn ich schon so ins Austeilen gekommen wäre, auch einiges einstecken müssen. Ich hätte mich auf Gegenfragen gefaßt machen müssen, auf Gegenfragen nach meiner Legitimation als Kritiker — vielleicht hätte der Geistliche auch »Kritikaster« gesagt —, nach der moralischen Basis meiner Beanstandungen. Wer so scharf ins Gericht geht, muß sich als Kritikberechtigter ausweisen. Wer aber selbst im Glashaus sitzt, soll nicht mit Steinen werfen. Wer große Fleischbrocken auf den Rost des Grillers legt, soll nicht den Vegetarier spielen und anderen die fleischlichen Gelüste und Genüsse vorrechnen und vorhalten. Und unser Pfarrer wäre durchaus aufgrund seiner eigenen Moralität dazu imstande gewesen, durch liebevolles Eingehen auf mich, »glühende Kohlen auf mein Haupt« zu legen. So gehst du mit uns um, hart ins Gericht nämlich, und so verfahre ich mit dir, gebe dir recht, zeige Verständnis, bekenne eigene Schuld und Versagen ein, mea culpa, mea maxima culpa. Damit hätte er mich selbstverständlich entwaffnet. Mir wäre freilich ein Pfarrer gelegener gekommen, der dezidiert *pro domo,* für die Kirche gesprochen hätte, ein kirchlicher Selbstgerechter, der dicht macht, nichts zugibt, alles abstreitet. Feuerbach sei immer *heiß* auf Widerstand und Widerspruch, sagte meine Frau oft vorwurfsvoll, ich koche ständig, alles an mir sei Hast und Haß, sagte sie, und von Ausgeglichenheit und jener Ruhe, die die alten Philosophen lehren, die ich angeblich, »wirklich nur angeblich«

so sehr verehre, wie meine Frau sagt, sei keinesfalls die Rede, im Gegenteil, in den Augen meiner Frau sei ich ein Schulbeispiel von Unüberlegtheit. Es müßte also einer ein Heiliger sein, um ein Recht zu solcher Kritik zu haben, ein Heiliger aber hätte zwar ein Recht zur Kritik, aber er wäre kein Heiliger, wenn er von diesem Recht Gebrauch machen wollte. Wenn aber jemand an einem Freitag, gerade an einem Freitag, ein Barbecue ansetzt, soll er nicht die fehlende Einhaltung des alten Kirchengebotes einfordern! Wer am Aschermittwoch zum Heringsschmaus geht, soll nicht von der Fastenzeit reden! Käme mir der Pfarrer damit, so würde ich freilich sagen, Sie sprechen nicht von mir, ich bin mit Ihnen einer Meinung, daß ein Schmaus an diesem Fasttag eine elende Perversion ist, so wie ich auch eine Tanzveranstaltung am Karfreitag mit Ihnen nicht nur für den Höhepunkt der Irreligiosität, sondern für eine elende Geschmacklosigkeit halte. Selbst als Andersgläubiger in einem fremden Land und Kulturkreis würde ich mich an die Landessitten halten oder wenigstens nicht öffentlich dagegen verstoßen. Wir abendländischen Alkoholiker könnten alle von der Askese des Morgenlandes etwas lernen und abschauen. Wir könnten uns auch vom Ramadan etwas abpausen.

Natürlich hätte ich einige besondere, sozusagen katholische Fragen, die ich noch gern einmal angeschnitten hätte. So hätte ich dem Pfarrer, wenn er vor meinem Grill gestanden wäre und mir bei der

Arbeit zugeschaut hätte, gesagt, daß dieses Miteinander und Zueinander hier an diesem Platz am Platze sei, daß ich die Stellung des Zelebranten bei der Messe *en face,* also mit dem Gesicht zum Volk, *versus populum,* wie es heißt, aber nicht gut finde. Schauen sich der Priester und das Volk ständig in die Augen, so entsteht leicht der Eindruck, diese Gemeinschaft sei alles, was bei der Messe der Fall sei, und die Gemeinde sei bloß mit dem Pfarrer beisammen, in Wahrheit und im Glauben ist aber mehr der Fall als nur eine Versammlung, eine Volksversammlung. Schließlich kommt das griechische Wort »Kirche« vom griechischen *kyrios,* der Herr Priester und Laien kommen somit vom Westen, durch das Westportal, und richten sich und *orientieren* sich auf Christus im Osten hin. Darum sind die Kirchen »geostet«. Heute aber blickt der Pfarrer zurück und zur Tür hinaus! Die Richtung und Orientierung auf Gott hin ist also nicht mehr unausweichlich, »versus populum« mag also am Grill angehen. *Omnes circumstantes,* »alle Umstehenden«, wie es im lateinischen Meßtext geheißen hat, kann man beim Gartengrill anschauen, im wörtlichen Sinn, in der Kirche sollte es etwas anders sein.

Ich würde mich hinter meinem Grill aufbauen und vom Pfarrer mehr »Mut zum Ritus« verlangen. Ich habe bei den Barbecues meiner deutschen Zeit schon mehr Ritualität gesehen, als in manchen Kirchen heute zu erleben ist. In einer modernen Ritualitätskritik habe ich die Sätze gefunden:

»Die Riten der anderen — einen exotischen Gottesdienst, die biblischen Reinheitsvorschriften, die Eröffnung des englischen Parlaments, die Menschenopfer der Azteken — sehen wir zwar als irrational, merkwürdig, manchmal abstoßend, aber dennoch faszinierend an. Aber dann sind da jene, denen wir uns selbst hingeben — die kleinen privaten, wie eine bestimmte Art, die Pfeife zu reinigen und zu stopfen, und die großen kollektiven, wie eine Christmette in Notre Dame oder ein Reichsparteitag. Nichts scheint erhebender, als gemeinsam nach eingeführten Regeln etwas Sinnloses zu tun.« Diese Sätze des großen Wolfgang Klein, mit dem ich nicht nur einmal im saarländischen Spiesen den Gottesdienst besuchte, wobei es dort und damals, abgesehen von der eigentlichen Liturgie, noch andere mir ungewohnte Riten und Einrichtungen wie den Kirchenschweizer gab, der in schwerem rotem Ornat und mit einem dem bischöflichen Krummstab ähnlichen Stock durch die Kirche schritt und wie die livrierten Platzanweiser in den Theatern einen Ordnungsdienst vollbrachte — diese Sätze meines Freundes klingen nun freilich unfreundlich, nicht nur wissenschaftlich und aufklärerisch, sondern auch ein wenig holländisch und kirchenfeindlich, wenn der Reichsparteitag mit seiner »Liturgie« und eine Christmette in so unmittelbarer Nachbarschaft genannt werden und, dem Sinne nach, beides als »sinnlos« bezeichnet wird. Herr Pfarrer, würde ich sagen, die Messe hat keinen vordergründigen »Zweck«, aber einen tiefen Sinn, wobei sich für den, der im Glauben den Sinn annimmt, bald auch eine Zweckmäßigkeit einstellt, so daß ihm am Sonntag der Gottesdienst nicht nur innerlich, sondern auch äußerlich sehr fehlen würde, wenn er ihn nicht besuchen könnte. Der Reichsparteitag aber war leider auf seine Weise sehr »sinnvoll« und hat seinen teuflischen Zweck der Propaganda erfüllt. Der Mensch müßte friedlicher aus der Kirche kommen, als er hineingegangen ist, besänftigt und begütigt, also sanft und gut. Von Parteitagen — nicht nur Reichsparteitagen — kommen die Menschen verhetzt und »verhaßt«, ich meine damit haßerfüllt, also häßlich und gräßlich. Wenn man also zwei solche Veranstaltungen so kurz hintereinander nennt, müßte man doch auch den Begriff der »Säkularisation« einführen, der Vermarktung des Religiösen und seiner Pervertierung, etwa der Depravation der Firmung in der »Jugendweihe« der Parteijugend totalitärer Staaten. Die Firmung hat einen sakralen Sinn, die Jugendweihe einen parteipolitischen Zweck, indem sie die Sinnsehnsucht der Menschen pseudoreligiös und afterkirchlich befriedigt.

Sehr gefürchtet hätte ich mich, wie gesagt, vor den »Rückfragen« der Geistlichkeit. Denn hätte ich etwa die »Jazzmessen« und überhaupt die kirchliche Jugendarbeit kritisiert, und hätte mich daraufhin der Pfarrer gefragt, ob ich einen Rat wüßte, wie man diese Jugend für den Geist des

Christentums begeistern könnte, so hätte ich meine Ratlosigkeit eingestehen müssen. Und hätte der Pfarrer gesagt, man müsse dieser Jugend doch wohl auch entgegenkommen, so hätte ich wieder nichts Konstruktives zum Problem beitragen, sondern wieder nur kritisch und damit auch destruktiv anmerken können, daß jener junge Pfarrer in Kärnten, der die Jugendlichen mit Rauschgift versorgt habe und in Untersuchungshaft genommen worden sei, dabei sicher zu weit gegangen sei. In der Kirche als dem sichersten Platz habe er das Haschisch versteckt, stand in der Zeitung, in der Sakristei seiner Kirche! *Sakristei* hängt aber mit *sacer*, »heilig, geweiht«, zusammen, und Haschisch an diesem Platz ist eine Entweihung und ein blasphemisches Ärgernis. »Opium« in der Kirche, die Kirche als Opiumhöhle? Die Sache ist so grotesk, daß man sie als Gläubiger nicht glauben kann und meinen muß, die Feinde der Kirche hätten sie erfunden, etwa jene, die Religion für das Opium des Volkes halten. Der Seelsorger sollte die Jugendlichen »süchtig« machen, aber nach dem Brot des Lebens, dem eucharistischen Brot im Tabernakel, hätte ich gesagt. Hätte der eingeladene Pfarrer aber gefragt: Wie denn?, so hätte ich wieder kleinlaut beigeben müssen. Ich bin froh, daß ich in der Gemeindebücherei arbeite und mit der Jugend wenig zu tun habe. Ich verstehe sie nämlich nicht. So hätte ich mir auch gefallen lassen müssen, wenn der Priester gesagt hätte, Ideale zu formulieren sei leicht,

schwer aber sei es, Ideen zu haben, wie man die Ideale verwirklichen könne.
Die Menschheit sei aber nun aus ihrer religiösen Entwicklungsphase heraus und in die naturwissenschaftliche eingetreten. Technisch und technoid sei das Denken geworden, streng auf Ursache und Wirkung sehend, heißt es und liest man immer wieder. Nicht die Priester seien die Repräsentanten der Gegenwart, so wie die Mönche das Mittelalter repräsentiert hatten, sondern die Mathematiker und Physiker. Und innerhalb der Physiker seien es nicht mehr die alten Kinetiker, die Optiker, die Akustiker, sondern vor allem die Atomphysiker, die die Gegenwart und die Zukunft beherrschten. Im Bewußtsein alles dessen hätte ich natürlich zu gern einen Atomphysiker zu meiner Grillparty eingeladen, um einerseits von ihm etwas zu erfahren, und um andererseits ihm einige Erfahrungen »beizubringen«. Ein Atomphysiker aber war unsereinem absolut unerreichbar. Leichter hätte es gehalten, den Staatspräsidenten oder den Bundeskanzler einzuladen. In der Vorstadtsiedlung einer mittleren Kleinstadt wohnt selbstverständlich kein Atomphysiker, hier wohnen Arbeiter und Angestellte, zwischendrin ab und zu ein Akademikerchen, also ein halbwegs Studierter, aber sicher kein Hochfrequenzphysiker, Großrechner oder Überdruckingenieur. Die meisten Siedler unserer Vorstadtsiedlung sind auf dem Land geborene Landflüchtige, die es aber nicht bis zu Städtern gebracht haben, sondern im

Prozeß ihrer Urbanisierung in der Vorstadt hängengeblieben sind. Und entsprechend verhält es sich auch mit den Berufen der Siedler, sie haben es auch hierin nicht besonders »weit« oder »hoch« gebracht, sind also auch so gesehen nicht bis ins Zentrum oder zur Spitze vorgedrungen. Große Wissenschaftler sind natürlich nicht unter den Siedlern, vielleicht einige »Hilfswissenschaftler« wie ich, viele haben nicht die große, sondern nur die kleine, allenfalls die mittlere Matura. Zwar gibt es geschickte Bastler und Heimwerker unter den Siedlern, aber keine Atomphysiker. Und obwohl in allen Häusern neben den Hobbyräumen Atombunker sind, weil sie die Behörde vorgeschrieben hat, oder doch wenigstens Räume als Atombunker vorgesehen sind, weil nicht eigentlich der ausgebaute Bunker angeordnet und vorgeschrieben ist, sondern nur die räumliche Möglichkeit geboten und angeordnet wurde, gibt es hier sicher keinen, der sich in der Atomphysik auch auskennen würde. Die meisten sogenannten Atombunker dienen denn auch als Vorratsräume, *beherbergen* Marmelade und eingemachte Kompotte, Erdäpfel oder Sauerkraut, oder sie dienen als Holzschuppen. Diese Räume dienen also weniger zum Schutz der Zivilbevölkerung als zum Schutz der Viktualien oder als Aufbewahrungsort des Buchenholzes, der »Brennstäbe« für die Kachelöfen, die es in den Häusern gibt. Mit der Kernphysik haben die Kellerräume also wenig zu tun, eher mit dem steirischen Kernöl.

Ein Atomphysiker jedenfalls war für mich nicht »greifbar« gewesen, und so blieb es bei den Währingers. Wo aber wohnen diejenigen, die Kernkraftwerke planen und bauen? Wahrscheinlich in gut gesicherten Villen mit Leibwächtern und Alarmanlagen, Stacheldrahtzäunen und hohen Mauern, in massiv befestigten Häusern auf doppelt und dreifach eingefriedeten Grundstücken, wie es sich für Geheimnisträger, die sie natürlich sind, gehört. Um solche Topleute ist auch alles top secret. Unsereiner aber kann sie nicht ansprechen, man kann ihnen höchstens einmal in einem Leserbrief die Meinung sagen und über die Angst schreiben, die man angesichts ihrer »Leistungen« empfindet. Leserbriefe aber werden sie wohl auch nicht lesen, weil sie nur nukleartechnische Fachzeitschriften halten und im übrigen nur in ihren Atomclubs, Kernzirkeln, in ihren Plutonium- und Radiumlobbys verkehren, von der Außenwelt hermetisch abgeschlossen, »dicht verpackt« wie die Uranstäbe in der Brennkammer. Sie leben strahlengeschützt unter einem Atomschirm. Und sie werden uns vermutlich längst mit ihrem *höllisch* und *teuflisch* gefährlichen Spielzeug, um es theologisch und mit dem Wortschatz des mythischen Zeitalters zu sagen, umgebracht und »unter die verseuchte Erde« gebracht haben, bevor wir ihnen auch nur mit einem *Sterbenswörtlein* unsere Meinung hätten sagen können. Denn das Kernspalten ist tausendmal gefährlicher als das Grillen, auch wenn übergrilltes Fleisch krebsge-

fährlich sein soll. Aber den Griller kann man auslöschen und abstellen, das Portabile wegtragen. Die Atomfabrik aber läßt sich sicher nicht so leicht ausschalten, und *transportabile* ist sie selbstverständlich auch nicht. Mit der Atomtechnik ist es gerade wie mit dem Zauberlehrling. Schwerer als hervorzurufen und in Gang zu setzen ist der »Segen« wieder abzustellen, die Kettenreaktion zu unterbrechen. Die Teilchen lassen sich offenbar leichter beschleunigen als bremsen. Einmal in Gang gesetzt, sind sie nicht mehr aufzuhalten.
Rührend sind die Ausdrücke der Atomphysiker, die Nomenklatur der Nukleartechnik. Diese Fachausdrücke machen einen durchaus »vorstädtischen« Eindruck, haben oft etwas geradezu Anheimelndes und Beruhigendes an sich. Einer dieser Ausdrücke ist etwa *Meiler. Atommeiler,* wie das klingt, hätte ich gern einen Atomphysiker vor meinem Grill zur Rede gestellt! Ein *Meiler* war früher einmal ein aufgeschichteter Haufen Holz, den der sogenannte *Köhler* karbonisierte, also durch Schwelen in Holzkohle verwandelte. So ähnlich also schlichten sie heute in den Atommeilern die Brennstäbe übereinander? Bis sie ein Feuerchen oder nur ein Schwelbrändchen anmachen? Kurios ist das, so wahr ich Primus Feuerbach heiße! Und wie die Schmiede an ihrer Esse, blasen auch die Atomphysiker ein wenig in ihren Meiler hinein. Und die *Kerne spalten* sie wie die Holzknechte das Holz, nur nicht mit der Hacke. Neuerdings ist freilich in anderem, im medizinischen Zusam-

menhang vom Laser*skalpell* die Rede, wieder in anderem Zusammenhang von der »elektrischen *Keule*«.
Von hier ist es scheinbar nicht weit bis zur sogenannten *Kalorienbombe*. So kommt selbst dem Griller oder einem Menschen, der mit Handwerkszeug umgeht, manches an der Kernphysik vertraut und bekannt vor, ohne daß er deshalb das geringste davon verstehen muß. Letztlich sind die biederen *termini technici* eher zur Irreführung des Laien geprägt, um ihn auf falsche Fährten zu locken und ihn in die atomare Irre zu führen. Der *Meiler* wurde seinerzeit im tiefen Wald errichtet, und so war er den Menschen »draußen« in der Zivilisation, in den Weilern und Dörfern und Städten, auch immer unheimlich. Die Köhler aber waren die finsteren Unholde schlechthin, die abseits der Gesellschaft, ganz wie heute die Atomphysiker, ihr Unwesen trieben, mit rußgeschwärzten Gesichtern und dunklen Mienen. Wie schön und idyllisch aber wäre es, könnten wir die heutigen Köhler der Atommeiler auch bloß als schwarze Gesellen und unheimliche Gestalten mit rußgeschwärzten Gesichtern wie Kinder ein wenig fürchten und ein wenig anziehend finden. Aber sie haben leider ein zu brisantes Handwerk, angesichts dessen alle herkömmlichen epischen Kategorien und Schemata des Erzählens total versagen, sie jagen uns auch einen *unnennbaren* Schrecken ein, und auch wenn sie sagen, daß wir diese Technik deshalb so fürchten, weil wir sie

nicht kennen und nicht verstehen und damit auch nicht »beherrschen«, so ändert das alles nichts an der Angst. Und es hat sich inzwischen leider gezeigt, daß ein solcher »Meiler«, wenn er brennt und durchbrennt, nicht bloß einen Waldbrand verursacht, sondern gleich einen ganzen Erdteil verstrahlt. Mir ist es, als lägen wir schon auf dem Rost der Atomphysiker, ganz wie die Koteletts und die Käsekrainer, und das Feuer ist bereits entzündet und eröffnet.

Die Atomphysiker haben uns schon über das Feuer ihrer Wackersdorfer Bratwurstbude gelegt. Und wenn ein Gebäude verdienen würde, auf dem Grundriß des Rostes des Laurentius gebaut zu werden, dann nicht der Escorial, sondern die Kraftwerksblökke des Atomkraftwerkes über einem Rost oder gleich über dem Grundriß des Kreuzes. Wie der heilige Sebastian steht die Menschheit am Marterpfahl der Nukleartechniker.

Mit der Atomtechnik haben sich die Menschen ganz offensichtlich übernommen, sie ist nämlich nicht bloß den Laien, also unsereinem, sondern auch den Fachleuten zu hoch, ich weiß es. Wenn einer beim Grillen einen Fehler macht, und sei es auch ein gravierender, wenn er etwa zuviel spricht und dabei die Würste verbrennt und verkohlt, so sind die Würste verkohlt und verdorben, er hat damit einen gewissen Schaden, der Schaden ist aber relativ gering. Man sollte nur Risiken eingehen, die *tragbar* sind, nur kleinere oder *reversible* Schäden »in Kauf nehmen«. Wer *irreversible* Schäden in Kauf nimmt, ist ein Verbrecher. Es ginge noch an, wenn die großen »Wissenschaftler« nur sich selbst in Gefahr brächten, sie stürzen aber andere ins Unglück. Ja sie haben offenbar auch schon Überlegungen angestellt, wie sie sich selbst im Ernstfall salvieren können, indem sie in Bunker und Keller gehen und dort abwarten, bis das Schlimmste vorüber ist. Dann wollen sie wohl aus ihren Löchern herauskriechen und an der Nukleartechnik weiterarbeiten ... Ich hier am Grill, hätte ich dem Atomphysiker gesagt, kalkuliere natürlich auch Gefahren ein, kann aber im äußersten, im schlechtesten Fall nur reversible Schäden anrichten. Der größte aller denkbaren Unfälle, der SuperGAU des Grillens, sind verschmorte und ungenießbare Käsekrainer — sozusagen »Krainerkäse« statt Käsekrainer —, so wie der Supergau eines Köhlers das *Verfeuern* des Holzes war, statt des intendierten *Verkohlens*. Es sind immer wieder Meiler »abgebrannt«, statt des beabsichtigten Glosens, Glimmens und Schmorens ist es dann und wann zu einem flagrant auffahrenden Schadenfeuer gekommen, das den Meiler und wohl auch einen Wald in Brand gesteckt hat. Aber auch der äußerste Schaden des Köhlers war »ermeßlich«, die möglichen Supergaus der Atomphysiker aber werden *unermeßlichen* Schaden verursachen, irreversible Schäden anrichten, und in keiner *Wiederaufbereitungsanlage* wird man die verstrahlten Menschen wieder aufbereiten und gesundpflegen können. Und wäre mir der Atomphysiker vor meinen Grill gekommen und hätte er mir etwas von der Überbevölkerung erzählt und wie die Menschheit auf die Ausnützung der äußersten Ressourcen, vor allem an Uran, nicht verzichten könne, dann hätte ich erwidert, daß ich nicht glauben könne, daß diese *Ressourcen,* das heißt »Quellen«, für die Armen sprudelten, sondern daß sich damit die Reichen noch reicher machen möchten und daß ich, ohne Zynismus gesagt, das Verhungern immer noch für einen »natürlicheren« und »würdigeren« Tod ansähe als den Tod durch Verstrahlen. *Dies irae, dies illae, solvet saeclum in favilla,* »Tag des Zornes, Tag der Zähren, wirst die Welt in Asche kehren ...«

Mir gäbe zu denken, würde ich dem Atomphysiker sagen, daß man jenes Element, das M. H. Klaproth Ende des 18. Jahrhunderts entdeckt und E. M. Peligot 1841 als Metall gewonnen hat, *Uran* genannt hat, nach dem Planeten *Uranus*, der seinerseits wieder nach *Uranos* benannt wurde, der in der griechischen Theogonie und Mythologie als der Vater der Titanen, Kyklopen und Hekatoncheiren und schließlich als Ahnherr aller Götter gilt. Darin liegt ein Wink, eine nibelungenliedmäßige Vorausdeutung des Schicksals, das uns mit diesem radioaktiven Stoff drohen könnte! Es könnte uns also einmal ähnlich gehen wie dem Uranos selbst, dem bekanntlich von seinem Sohn Kronos, seinem Jüngsten, auf das Anstiften von Gaia, der Frau des Uranos, mit einer scharfzahnigen Sichel die Geschlechtsteile abgeschnitten werden. Es könnte nämlich auch uns ans Geschlecht gehen, an die Gene und Chromosomen. Aus dem auf die Erde träufelnden Blut des Uranos entstand Aphrodite, die auch Urania genannt wurde. Und hier endet auch schon die Analogie, denn aus jenem genetischen Desaster, das den Menschen heute bevorstehen könnte, wird keine Schönheit herauskommen, keine Liebesgöttin. Ist der genetische Code erst einmal durcheinandergebracht, weil das Geschlecht mit dem Strahlenskalpell »behandelt« wurde, so wird das Ergebnis keine schöne Gestalt sein, sondern ein Homunculus, ja noch wahrscheinlicher ein Monstrum, und unsere Phantasie, die der der Griechen natürlich weit unterlegen ist, reicht nicht aus, uns den Schrecken auszumalen. Aphrodite entspricht der lateinischen Venus, hätte ich dem Physiker vor meinem Grill zugerufen und ihn eingeladen, über diesen Umstand weiter nachzudenken ...

Pyrophor heißt es, sei das Metall Uran, also einer jener gefährlichen »Luftzünder«, jener Stoffe, die leicht entzündlich sind, ja an der Luft in Feuer aufgehen, eine Erde gewissermaßen, die an der Luft in Feuer aufgeht und mit Wasser gelöscht werden muß. Hier also schließt sich der Kreis der Elemente! Doch ist das Pyrophore nicht die eigentliche Gefahrenquelle, denn diese Gefahrenquelle ließe sich und läßt sich leicht verstopfen. Dazu genügt ein Feuerlöscher, ein Handfeuerlöscher gewissermaßen, das Uran hält aber andere Quellen von Gefahren bereit, kennt noch andere

»Ressourcen« ... Erst recht, wenn es, in Brennstäbe gefaßt, in den Meiler eingeführt wird und die Kernspaltung beginnt.

Die Geschichte mit Kronos aber ist mit der Entmannung des Uranos, als er nachts Gaia besuchen will, noch nicht zu Ende. Kronos frißt seine Kinder. Um selbst einem Schicksal zu entgehen, wie er es seinem Vater Uranos bereitet hat, verschlingt er zur Sicherheit alle seine Kinder, die er mit Rheia gezeugt hat, Hestia, Demeter, Hera, Hades und Poseidon. Statt des jüngsten »Kroniden«, nämlich Zeus, bekommt er von Rheia einen in Windeln gewickelten Stein, den er gierig verschluckt. Und gerade so wie Kronos seine Kinder verschlingt, wie es eindrucks- und ausdrucksvoll, nämlich schauerlich und fürchterlich, das heißt furchterregend von Francisco Goya, der ein Mann der Vision war, dargestellt wurde, so wird das Uran der Brennstäbe der Atomphysiker dereinst die Menschenkinder verschlingen und verbrennen. Und es wird dann leider nicht den versöhnlichen Ausgang nehmen, den die Mythologie der Griechen kennt, wenn Zeus später den Vater Kronos zwingt, die verschlungenen Geschwister wieder herauszugeben, wie man in der Theogonie von Hesiod lesen kann. Unversehrt kommen die lieben Kleinen wieder zum Vorschein, ein himmlisches Wunder von Wiederaufbereitungsanlage. Dieses Kunststück aber wird den modernen Uranologen leider nicht gelingen, das Uran hat eine wesentlich ungünstigere, das heißt längere Halbwertszeit als die griechische Mythologie. Was sich bei Uran in 4 Komma 5 mal 10 hoch 9 Jahren abspielt, in jener Zeitspanne also, in der von einem radioaktiven Element die Hälfte einer beliebigen Anfangszahl von Atomen zerfallen ist, das schafften die Griechen, von denen sich die Physiker den Buchstaben Lambda für die Berechnung der Halbwertszeit ausgeliehen haben, innerhalb einer Generation, sozusagen in Null Komma nichts. Ja der junge, vielleicht der ewig junge Zeus entreißt dem alten, dem ewig alten Vater Kronos die lieben Geschwister.

Als Kronos seine Kinder verschlang, verstand er dies als eine Vorsichtsmaßnahme, wegen der doppelten Sicherheit also tat er es. Der gebrannte Vater scheut das Feuer, Kronos, der Sohn, der seinen Vater Uranos entmannt hat, beugt vor, er weiß, wozu Kinder imstande sind und was sie von den Eltern, insbesondere dem Vater gelernt haben könnten. Ein gebrannter Vater scheut das Feuer der Kinder. Der Weltenvater Kronos ist auch ein Chronos, ein Herr der Zeit, und er weiß, was die Uhr, das Chronometer, geschlagen hat. In den Atomkraftwerken sind heute Kommissionen und große Behörden am Werk, um über die Sicherheit zu wachen. Aber all dies, hätte ich dem Herrn Physiker vor meinem Meiler gesagt, hat nicht verhindert, daß es bereits Unfälle und auch den Supergau gegeben hat und daß es wieder Unfälle geben wird. Wo Menschen am Werk sind, gibt es Unfälle. Aus Schaden werden die Menschen klug. Das Fatale an den möglichen Schäden in

den Atomkraftwerken ist aber gerade, daß sie keinen Lernprozeß in Gang setzen können, sondern jede Lehre beenden. Solche irreversible Schäden und Störfälle, wie sie hier anfallen, macht man kein zweites Mal, solche Fehler macht die Menschheit nur einmal, sie bekommt keine Gelegenheit, es das nächste Mal besser zu machen, weil sie überhaupt keine Chance mehr zum *Machen* bekommt.
Nicht nur das Bild des friedlich im Märchenwald der deutschen Vorzeit rauchenden Meilers aber haben die Atomphysiker mißbraucht, sondern auch das Wort *Mühle* und das, wofür dieses alte, aus dem Lateinischen kommende Wort steht. *Uranmühle*, liest man neuerdings häufig. Ein Wiener Cafétier, heißt es in den Gazetten, wollte eine *Uranmühle* nach Hinterindien oder in eine ähnlich entlegene Gegend verkaufen. Daß es sich wirklich um eine Uranmühle gehandelt habe, bestätigte auch ein hoher Politiker, der die Uranmühle vor ihrer Einschiffung in Italien gesehen hat. Eindeutig konnte er wahrscheinlich das Mühlrad, den Mahlgang, den Sichter und die Mehlsäcke wahrnehmen. Später ist das Schiff mit der Mühle, diese *Schiffsmühle*, bekanntlich gesunken, und noch einige Mühlburschen und der Obermüller dazu.
Ein starkes Stück aber ist es, hätte ich dem Herrn Physiker sagen mögen, in diesem unheiligen Zusammenhang das altehrwürdige Wort der Mühle in den Mund zu nehmen, ein mehr als märchenhafter Wortgebrauch. Eher kann man einen Wolf

für eine Großmutter halten als eine Uranwiederaufbereitungsanlage für eine Mühle, denn mit soviel Mehl an den Tatzen kann sich eine solche Uranmühle gar nicht tarnen, dieses Ungetüm, dieser Koloß, daß man es für eine Mühle ansehen und als Mühle bezeichnen könnte.

So macht mich die Harmlosigkeit, die Putzigkeit und Idyllik der offiziellen und der inoffiziellen Nomenklatur der Atomphysiker, ihr seltsamer Humor sehr nachdenklich. Wer das Brandheiße und Brandgefährliche mit solcher Niedlichkeit nominiert, hat offenbar selbst vor seinem Forschungsgegenstand Angst. Und wenn er sich immer wieder ins klassische Griechenland begibt und die mythologische Welt der Hellenen für seine Zwecke ausbeutet, so möchte er sich damit selbst Mut zusprechen. Als handle es sich um *nihil novum sub sole.* Diese Technik ist aber ein Novum, ein *novum sub sole,* und es enthält die gefährlichsten Risiken. Die Fachleute sagen ja — und möglicherweise käme mir auch der Atomphysiker vor meinem Griller mit diesem Argument daher —, die Laien hätten deshalb soviel Angst, weil sie eben Laien seien, die Sache der Kernspaltung sei ihnen unheimlich, weil sie sie theoretisch und praktisch nicht *beherrschten;* deshalb würden sie von ihr *beherrscht.* Da würde ich den Siebengescheiten aber am Rockaufschlag packen, über den Griller ziehen und ihm wie Cassandra prophezeien, daß die ängstlichen Laien leider schon einmal gegen die beschwichtigenden besserwis-

serischen Fachleute recht behalten haben, daß die Laien aber ihren Triumph wegen des Rechtbehaltens nicht auskosten werden können, weil der Gau keine Möglichkeit für Triumphe vorsähe. Der rechthabende Laie wird am Schluß zum »unfallträchtigen« Experten nicht sagen können: Sehen Sie ... Sie werden beide nicht sehen können, weil ihnen Hören und Sehen vergangen sein wird.
Ich halte es ja gerade für die Tragödie, daß wir das Niedagewesene und das Unerhörte jener Vorgänge nicht begreifen und von falschen Analogien irregeführt werden. Wer etwa jenen Labortisch besichtigt, an dem im Dezember 1938 — um Weihnachten! — Otto Hahn und Fritz Straßmann die Kernspaltung entdeckten, der wird von diesem Arbeitstisch geradezu angeheimelt, er kommt ihm vor wie die Werkbank eines Hobbyelektrikers, die sich dieser im Keller seines Einfamilienhauses eingerichtet hat, ein paar Drähte, eine Batterie PERTRIX, einige Spulen, Lampen, Schalter, ein Paraffinblock zur Abbremsung der Neutronen, Zählrohre und Verstärker. An diesem Tisch des Deutschen Museums in München hat aber kein alter Bastler seine Hausglocke oder den Unterbrecher der Klingel repariert, hier hat vielmehr jemand herausgefunden, daß der Urankern durch Beschuß mit Neutronen gespalten werden kann.
Meine atomnuklearen Überlegungen wurden durch die 5. Intervention meiner Frau unterbrochen. Sie trat also wieder einmal aus dem Haus,

postierte sich auf der Terrasse, blickte auf mich und meine Anlage, mein »Laboratorium«, herunter und fragte: Nun, wie steht es, hat der Göttergatte schon etwas zuwege gebracht?, und nachdem ich sie über den letzten Teil meiner Überlegungen über den Zusammenhang zwischen Mythologie und Atomphysik unterrichtet hatte, meinte sie, daß ich für die bisher erbrachten Leistungen auf dem Gebiet der Gastroporphyrologie wohl nicht wie Otto Hahn den Nobelpreis für Physik bekommen werde. Die Sache mit Zeus liege theologisch gesprochen im Argen. Sie selbst habe inzwischen im Haus ihren Teil erledigt, einen wahren »Atomsalat« und ein wahrhaftes »Bombendressing« fertiggestellt, auch für verschiedene Knabbereien als Nachtisch gesorgt, Nüsse entkernt und Pistazienkerne gespalten.
Ja, die Frauen, sagte ich, hätten in der Atomphysik immer eine große Rolle gespielt, und ich erinnerte meine Hera an die Ida Noddack und die Lise Meitner, von Madame Curie ganz zu schweigen. Während ich aber hier im Freien offenbar von der Kernspaltung noch weit entfernt sei, habe sie im Haus bereits die Kernfusion betrieben, erwiderte sie. Sie betreibe im Haus einen schnellen Brüter, während ich am langsamen Griller hantiere. Da erlaubte ich mir, den Ärger mit dem Mißbrauch des Ausdruckes »Brüter«, ein Reizwort für mich, wie Mühle und Meiler, zurückstellend, darauf hinzuweisen, daß in der Kernphysik das *Abbremsen* eine mindestens genauso große Rolle

spielt wie das *Beschleunigen.* Immer wieder liest man von Elementen und Substanzen und Isotopen, die zur *Bremsung*, als Retardierer eingesetzt werden. Denn bei der Post geht's nicht so schnell. Ein Reaktor ist kein D-Zug, und ein Atomkraftwerk ist kein Espresso. Meine Frau Hera aber fuhr fort, Zeus zu höhnen, es mangle hier an »Aktivität« und es werde nichts »gefällt«, die Bäume des Göttergatten wüchsen nicht in den Himmel, Grillen sei offensichtlich keine olympische Disziplin. Jupiter fehle der Teilchenbeschleuniger. Sie habe Angst vor der Katastrophe, der Götterdämmerung, denn es sei hier bei mir einiges außer Kontrolle geraten, die Halbwertszeit sei zu träge, und die Währingers könnten jederzeit auf den Wiesenplan treten, und es sei in meiner Brennkammer noch nicht einmal die Initialzündung erfolgt. Ja ist das nichts? erlaubte ich mir zu fragen und auf das muntere Feuerchen in der Grillschale hinzuweisen. Ozindt is, sagte ich in Analogie zum bayrischen »Ozapft is«, mit dem wie mit einer liturgischen Gruß- oder Segensformel das Oktoberfest eröffnet wird. Nun nehme alles seinen Gang, das *initium* sei erfolgt, sagte ich, und es sei vor dieser *inflammatio* oder Entzündung schon vieles geschehen, so daß es in der Folge zu keinen Verzögerungen, aber auch keinen künstlichen Beschleunigungen, keinem notwendig werdenden »Forcieren«, was man in der Rhetorik den »Nachdruck« und die »Emphase« nenne, kommen müsse, es entwickle sich vielmehr in der Folge alles

normal. Ich habe bei meinen Zurüstungen streng auf den sogenannten *ordo naturalis* geachtet, die naturgegebene Ordnung der Dinge, die richtige Reihenfolge der Schritte, nicht den zweiten Schritt vor dem ersten gesetzt, sondern umgekehrt und richtig.
Mir machte nun aber etwas anderes Sorge, nämlich das Wetter, es hatte sich entgegen aller Vorhersage, die ich in die Planungen meines Grillfestes mit den Währingers einbezogen hatte, anders als im Radio prognostiziert entwickelt. Wolken waren aufgezogen und verfinsterten den Himmel mehr, als es der Tageszeit dieses ausklingenden Tages zukam, und ich glaubte vorher schon den einen oder anderen Tropfen auf der Haut gespürt zu haben. Nur jetzt kein Regen, dachte ich, denn was sollte ich mit den glühenden Kohlen im Wasser beginnen, Regen bringt Fluch. Ich hatte mir alles so schön ausgemalt und fürchtete nun ernstlich, daß mir Petrus einen Strich durch die Rechnung machen könnte. Sollte mich zu schlechter Letzt Poseidon an der friedlichen Nutzung der Feuerenergie hindern? Schon meinte ich auch einen Luftzug zu spüren, den ich in meiner Ängstlichkeit bereits für den Vorboten eines gröberen Sturms zu halten geneigt war.
Ein Gartenfest aber kann man nicht ins Innere des Hauses verlegen. Dann ist es kein Gartenfest mehr, das geht *per definitionem* nicht. Bei Schlechtwetter findet die Veranstaltung im Saale statt, liest man oft auf Vorankündigungen irgend-

welcher Festivitäten, ein Ersatz kann das aber nicht sein.
Sollte also ein Hundewetter zuletzt das Fest vereiteln? Was aber um Himmels willen kann Zeus, der Regen und Schnee verteilt, die Blitze schleudert und die Donner rollen läßt, der also nach griechischem Volksglauben die unkontrollierten Elementarmächte kontrollierte, was konnte ihm daran gelegen sein, die Begegnung zwischen dem Bibliothekar Primus Feuerbach der städtisehen Bücherei und dem Lehrer Währinger weit draußen in der Vorstadt zu verhindern und zu vereiteln? *Vereiteln* war das angemessene Wort, wenn man sich der Frage von dieser Seite, der religiösen, näherte. *Vanitas,* die Eitelkeit. Natürlich stellt sich heute niemand mehr solche Fragen des direkten Zusammenhangs, obwohl ein Veranstalter einer großen Freiluftveranstaltung tatsächlich *fromm* werden könnte, wenn er am Tag vor dem mit viel Aufwand und unendlichen Kosten vorbereiteten Festtermin Gewitterwolken aufziehen sieht. Im christlichen Abendland ist bekanntlich der heilige Petrus an die Stelle des gewittermächtigen Zeus getreten, wie er auch darstellungsmäßig und ikonographisch, jedenfalls in Renaissance und Barock, einige Züge des Himmelvaters angenommen hat. »Petrus hat ein Einsehen«, sagen heute die Leute, wenn das Wetter mitspielt. Gern hält man einerseits eine vom Wetter, Wettergott oder Petrus begünstigte Veranstaltung für eine gottgefällige, gottwohlgefällige, ohne anderer-

seits wie im Altertum auch eine ins Wasser fallende durch den *Jupiter tonans* »vereitelte« konsequenterweise für *eitel* und *schädlich* zu halten. Die Sonne aber geht auf über Ungerechte und Gerechte, ja manchmal hat man den Eindruck, als könnten sich die Ungerechten besonders sonnen und im Sonnenschein geradezu baden, während die Gerechten im Regen stünden und oft knietief im Schlamm! Liegt die Kurzschlüssigkeit bei der Beantwortung solcher Fragen der Theodizee, der Rechtfertigungslehre Gottes, in der Verwechslung von Himmel und Himmel, *heaven* und *sky*? Wie schön wäre es, wenn man aus dem Wetter die »Weltanschauung« Gottes ersehen und ablesen könnte und was er von welchem Werk hält. Wenn er bei der Verteilung von Wind und Wetter »konfessionell«, also »bekennend«, farbebekennend sozusagen verführe, wenn er etwa den Oberdämon einer sogenannten Rockgruppe, der nicht nur *cantica obscena* singt, sondern auch durch ärgerliche Grimassen, Gesten und Bockssprünge, Verrenkungen und andere veitstanzartige Zukkungen, Entblößungen einen Satanskult und eine schwarze Messe zelebriert, mit einem Blitz aus heiterem Himmel fällen, den Hochmütigen zu Fall bringen würde, während er eine Benefizveranstaltung des Roten Kreuzes mit den überzeugendsten klimatischen Benefizien ins hellste Licht tauchte! Um von religiösen Veranstaltungen, wie Feldmessen, einmal ganz zu schweigen. Leider aber gehen diese Rechnungen nicht auf, das Wet-

ter ist in diesem und jenem Fall schön oder schlecht, und oft scheint bei einer großen Jugendverführungsveranstaltung im Stadion die Sonne, und bei einer Papstmesse schüttet es.
Während ich voll Sorge in den Äther hineinblickte und die verdächtigen Anzeichen der Wetterverschlechterung bemerkte, mußte ich an Aeneas denken, den gerechten Aeneas, den *pius Aeneas,* der auf der Flucht nach dem Fall Trojas auf dem Meer in ein ungeheures Unwetter gerät und in seiner Not die Toten glücklich preist: »O dreifach ihr und vierfach Beglückte, denen vergönnt war, einst vor Trojas ragenden Mauern vor den Augen der Väter zu sterben!« Aeneas hadert mit seinem Schicksal, seinem *fatum.* Denn so aber, wie man oft hört, daß es gut sei, daß die Menschen nicht wettermachen könnten, weil es dabei nie zu einer Einigung käme, weil die einen, die Bauern, etwa Regen und die anderen, die Sommerfrischler, Sonnenschein machten oder bestellten und damit sofort ein Krieg ausbrechen würde, so herrscht im antiken Götterhimmel selbst über das Wetter Uneinigkeit. Juno, die von Paris verschmähte, hinter Venus, die Mutter des Aeneas, zurückgesetzte, Zweite der Mißwahl, zweite Wahl, hat bei Aeolus unter Umgehung des eigentlich zuständigen Neptun ein Privatwetter, einen Sturm, bestellt, um Aeneas »einzuheizen«: »Aeolus wandte die Lanze und stieß sie tief in des Berges hohles Gewölbe: Los stürmen die Winde im Zug wie ein Kriegsheer, wo sich die Pforte erschließt, durch-

brausen im Wirbel die Lande, stürzen hernieder aufs Meer, und ganz von den untersten Tiefen wühlen Eurus und Notus es auf, wild wirbelt im Sturmwind Africus her, sie wälzen zum Strand weitwogende Fluten.«
»Unterdessen bemerkt Neptun das Toben des Meeres, wie da Sturm hinbraust, wie empor aus untersten Tiefen strudeln die Wasser des Grundes. Da packt ihn Sorge, und weithin schaut er aufs Meer und hebt sein ruhevoll Haupt aus der Woge.« Neptun stellt das Gewitter ab, »er sänftigt den Schwall der Wogen, vertreibt das Wolkengewühl, holt wieder die Sonne«. So zeigt er, wer der eigentliche Herr ist. Aeolus wird von Neptun zurechtgewiesen: »Nicht ihm gab die Herrschaft im Meer und den furchtbaren Dreizack, sondern mir das Los. Er herrscht in der Wüste der Felsen, Eurus, in eurem Palast: dort mag in der Halle sich brüsten Aeolus, König der Winde, sofern ihr Kerker sie einschließt.« Nicht gesagt aber wird von Vergil, ob Juno dem Aeolus gegenüber ihr Versprechen gehalten, wie sie ihm bezeichnenderweise eine prächtige Frau für seine Wetterdienste versprach: »Nymphen habe ich zweimal sieben, herrlichen Wuchses, die an Gestalt von ihnen die schönste, Deiopea, will zu dauernder Ehe ich dir als Eigentum geben, daß mit dir sie Jahr um Jahr für solche Verdienste lebe, mit schönen Kindern dich, den Vater, beglücke.« Da meine Frau noch auf der Terrasse stand, erlaubte ich mir, als Fazit meiner mythologischen

und meteorologischen Überlegungen zu sagen: Wirbel gegen Frau Deiopea. Und auch: Wirbel wegen der Frauen Venus, Aphrodite, Hera und Athene. Wo Frauen auftauchten, sei es um die Ruhe geschehen, sagte ich. In aller Gemütsruhe habe ich mich dem Feuer gewidmet und ohne Hast alle Vorbereitungen für das Barbecue getroffen, Hera aber heize mir ein wie Juno dem Aeneas, dem pius Aeneas. Es kann der frömmste Aeneas nicht in Frieden leben, wenn es der Juno nicht gefällt. Mit diesen Anspielungen kam ich meiner Guten aber gerade recht. Als hätte sie darauf gewartet, die Partei der unglücklichen Dido, der Königin von Karthago, zu ergreifen, die von Aeneas, »deinem pius Aeneas«, spöttelte mich Hera nach, schnöde verlassen wird und in ihrem Unglück Selbstmord begeht. Ich aber, sagte die Göttergattin, treibe sie als großer *cunctator* und »Zauderer«, als *craticulator pianissimus,* wie sie latinisierte, auch noch in den Wahnsinn oder Selbstmord. Aeneas aber, sagte Hera, habe für seine »Absence« wenigstens einen einsichtigen Grund angeben können, nämlich Rom gründen, wie es ihm die Götter aufgetragen hatten, darum habe er fort und Dido enttäuschen und ins Unglück stürzen müssen. Mir aber, einem kleinen Volksbibliothekar einer Kleinstadt, sei nichts Großes vorbestimmt und aufgetragen, ich hätte keine weltgeschichtliche Mission, und deshalb sei nicht einzusehen und nicht zu verzeihen, daß ich mich nicht nur hier beim Grillen, sondern auch sonst oft so störrisch anstelle. Vor allem, daß ich mich immer wieder taub stellte, wenn es um Einladungen, um Besuche oder Veranstaltungen gehe, die sie gern hätte. Gerade die Gastfreundschaft, sagte sie, müßte doch mir mit »meinen Römern« ein besonders hoher Wert sein. Sie habe meine Zitate vom *Jupiter Hospes,* dem *Jupiter hospitalis,* dem »Schützer des Gastrechts«, dem *Xenios,* aus Ovid und anderen Dichtern noch deutlich im Ohr. Sie müsse aber auch bedenken, sagte ich, daß *hospes* »Wirt« bedeute, *hostis* aber nicht nur »Fremder«, sondern auch »Feind«, und daß beide Wörter genealogisch nahe verwandt seien. So sei es zwar keine »Xenophobie«, also keine Fremdenangst, die mich zurückhaltend sein lasse, aber doch eine gewisse *discretio,* wie ich alle Duzerei und respektlose »Familiarisierung« und Distanzlosigkeit immer gehaßt habe. Mit der Einladung der Währingerischen aber, die wir jeden Augenblick erwarteten, hätte ich ja nun wohl bewiesen, daß ich sehr wohl umgänglich und der Gastfreundschaft zugänglich sei. Das sei aber nur ein sehr bescheidener Anfang, warf Hera ein, der Währinger macht noch keinen Sommer. Und sie fürchte, daß gleich der erste Versuch durch meine »eneadische Sturheit« ein Reinfall werde. Für das Wetter könne ich nichts, sagte Hera im Weggehen, daß ich aber noch nicht weiter sei, das Grillgut nicht schon gegrillt und in Sicherheit, im Inneren des Hauses in Warmhalte gebracht habe, sei Nachlässigkeit und schuldhaftes Verhalten.

Ich hatte mich über meinen Gedanken und all den Kontroversen wirklich sehr verspätet und versäumt und war nun auch in Anbetracht der sich verschlechternden Wettersituation grimmig entschlossen, die Sache zu beschleunigen und zu einem gewissen Abschluß zu bringen. Darum begann ich kräftig zu heizen, ins Feuer zu blasen, auch Holzkohlen nachzulegen und aufzuschütten. Immer dann aber, wenn es eilt und wenn man gedrängt wird, macht man auch Fehler. Und der schwerste, unverzeihliche Fehler, den mir vor allem die Würste übel genommen haben, bestand darin, daß ich diese Würste, weil ich spät dran war, zu früh auflegte, weil ich nicht mehr erwarten konnte, bis das Feuer niedergebrannt war. So brannten nun nicht nur die Kohlen, sondern auch die Würste fingen Feuer. In dieser Not, diesem Inferno des spritzenden und prasselnden Fettes, der platzenden Krainer machte ich noch einen verzweifelten Versuch der Rettung, indem ich den Abstand zwischen dem Rost und der Feuerschale durch Anheben des Rostes und höheres Einrasten in dafür vorgesehenen Einkerbungen zu vergrößern versuchte. Bei diesem Ausweichmanöver verabschiedete sich aber die eine und die andere Wurst, die mir von dem wie eine Schaufel an einem Stiel gehaltenen, balancierten und hochgehievten Rost rollte und nun vollends in die Gluthölle fielen, wegen des ledernen Grillhandschuhs hatte ich wenig Gefühl. Den bescheidenen Rest fädelte ich auf meinem durchlöcherten Tablett weiter oben glücklich ein, und das Feuer züngelte nun nicht mehr bis an die Haut der Würste. Bekanntlich ist ein Feuer aber nicht im Innern der roten Flamme am heißesten, sondern an der weißgelben Spitze, ja sogar kurz über der Flammenzunge. Diesen kritischen Punkt muß ich auch exakt erreicht haben, denn die Würste verfärbten sich innerhalb kürzester Zeit kohlschwarz, schrumpften auch in sich zusammen, wahrscheinlich in großem Schmerz. Was ich hier leistete, war wohl nicht mehr unter Grill zu subsumieren, hier handelte es sich um die Feuerbestattung der Käsekrainer. So war ich fast ein wenig erleichtert, als das große Unwetter nun einsetzte und der Untergang der Niegelungen begann. Niederschmetternd aber war dieses Ende, ein Supergau. Der Gartengrill war wie ich gewissermaßen am Boden zerstört, und es hätte mich nicht mehr gewundert, wenn in den Herd, dessen Feuer innerhalb kurzer Zeit ausgelöscht und erloschen war, weil sich das Feuerbecken wie eine Wanne mit Wasser füllte, auch noch der Blitz geschlagen hätte. Jupiter, Vulkan, Aeolus, Juno und all die Himmlischen schienen aufgebracht und in äußerstem Zorn und rasend wütend gegen das Gebild von Menschenhand. Vanitas, vanitatis vanitas, dachte ich, als ich im Grillbecken Kohlen, unappetitliche Würste und Asche schwimmen sah, eine wahre Götterspeise, ein olympisches Gulasch. Ich war bereits völlig durchnäßt, als ich, wie ein Kapitän, der als letzter das sinkende Schiff verläßt, den Griller zurückließ und ins Haus lief. Dort erwartete mich Hera, die mir mitteilte, daß die Währingers gerade angerufen und wegen des Unwetters abgesagt und sich entschuldigt hätten.